_____에게

모든 순간이 완벽하지 않아도
이만하면 좋겠어요.

완벽하지 않아도
이만하면 좋겠어요

완벽하지 않아도
이만하면 좋겠어요

김예진 지음

STUDIO:ODR

매 순간이 완벽하진 않아도
기어코 사랑할 순간들

어두운 감정들을 머리맡에 두고 살다 보면 그 선이 진하게 자리 잡을 때가 있다. 한밤중에 이런 감정들이 빼곡히 들어찰 때면 차마 삼키지 못해 뱉었다.

그렇게 잠들지 못한 채로 마음을 들여다보면 어김없이 새벽은 찾아오고, 어느 순간 진했던 감정들은 흐릿해지기도 하고 사라져버리기도 했다. 사라지지 않고 희미하게 남은 것들은 내 인생의 어떤 틈에 걸려 넘어지기도 했다.

이 책에는 그 숱한 새벽녘에 미처 삼키지 못하고 뱉었던, 곱씹었던 마음들이 담겨 있다. 잊고 싶었던 순간들, 잊힌 순간들, 사랑한 순간들, 사랑하려 했으나 사랑하지 못했던 감정을 차곡차곡 담았다.

삶이란, 그렇다. 한참을 들고 씹어야 체하지 않는 것. 한참을 들고 씹었으나 체하기도 하는 것. 체했더라도 가만히 등 두들 겨주고 쓸어주면 결국에는 내려가는 것. 내려간 뒤에는 마음이 한결 개운해지는 것. 이 모든 순간이 계속해서 반복되는 것.

완벽해야 한다는 강박이 나를 덮치던 순간들을, 완벽하고 싶어 부단히 애쓰는 나를 적어 내려갔다. 미련으로 얼룩진 하루 와 상처로 쉽게 닳아버린 마음들을 들여다보면서 얼마나 많은 불안과 외로움을 움켜쥐고 있었던 걸까. 하루하루를 잘 살아내 기 위해 얼마나 많은 순간을 되돌아보고 있었던 걸까.

잘하고 있다고 믿었지만 나는 쉽게 지쳤고, 걱정과는 반대 로 걷고 싶었지만 나는 늘 그 주위를 맴돌았고, 항상 최선을 다했 다고 장담했지만 나는 늘 최고가 되지는 못했다. 삶은 나와 다른 방향으로 흐를 때가 많았고 세상은 온전한 내 편이 되어주지는 못했다. 그럴 때마다 나는 모든 것을 내려놓고 이 순간들을 흘려 보냈으면 좋겠다고 생각했다.

우리는 다만 완벽하지 않아도 괜찮다. 완벽한 오늘이 되지 않아도 괜찮다. 저물어가는 태양을 보며 내 인생을 지극히 사랑 했다가, 기울어가는 달을 보며 사랑했던 미완의 시절들을 떠올 리면 그뿐이다.

부디 내 지난 새벽이, 괜찮은 내일이 되어 소란한 마음을 잠재울 수 있기를 바란다. 또한 이 책을 읽을 당신의 하루하루도 그렇게 되길 기도한다.

'완벽하지 않아도, 이만하면 좋겠다.'

언젠가 사무치게 그리워질 오늘에게

chapter 1

펼치지 못한 새벽에 감히
믿줄을 그을 수 있다면

어느 것 하나 쉬운 삶이 없다.
나이를 먹고 점점 더 많은 것들을 알고, 쉽지 않은 밤을 수도 없이 지새웠지만,
여전히 나는, 쉽게 살아가는 방법을 모른다.

소멸

나는 소멸하여 나뒹구는 존재들을 사랑하곤 했었지. 달빛 아래 초라한 내 모습이 희미한 등불처럼 그림자 저도 어둠을 둘러보지 않을 수 있음에 감사를 표하곤 했지. 넉넉한 인생을 사유하지는 못해도 넉넉한 마음을 가진 탓에, 또 다른 방향으로 살아가는 힘을 얻어. 순탄치 않은 고비들이 한 걸음, 두 걸음 겹겹이 쌓인대도 툭, 툭 털어내면 그만이었어. 숫자를 헤아리고 웃어버리면 그만이었어. 붉은 저녁노을이 지던 날, 넋 놓고 바라본 세상은 영 달갑지 않은 형태를 하고 나와는 어울리지 않은 옷을 걸쳐 입었지만 이미 만난 세상을 보는 것처럼 반가웠어. 깜깜한 어둠 속에서는 두려울 것 없이 까무룩 잠들고 싶었어. 옅은 인사를 건네 밝힐 수 없어 영영 사라진다 할지라도 나는 사라지는 것들을 말없이 품어두고 싶었어.

길을 잃다

외지고 황량한 길가에는 나뭇잎 한 장 보이지 않고 길가를 맴돌던 찬 기운만이 내 양 볼 끝을 잡아당긴다. 무엇을 위해 여기까지 온 걸까. 한참을 고민했지만, 물음에 답하지 못한 채 결국 길을 잃었다.

여전히 나는 아무도 없는 길을, 어디로 향할지 모를 길을 혼자 쓸쓸히 걷고 있다. 왜 나는 여기 있을까. 왜 나는 여기까지 왔을까. 내 꿈은 무엇일까. 이런 질문에는 정해진 답이 없는 터라 단답형이 아닌 서술형으로 내 나름의 논리를 찾아가며 몇 자 적어본다. 그러다 보면 이 길이 어디로 향할지도 알게 되지 않을까.

펼치지 못한 새벽에 감히 믿줄을 그을 수 있다면

모든 건 지난날이 되어
추억이라 부르겠지

가슴 한편에 공백이 생겼다. 지나간 것들은 미련이 되고 그 끝에 꼬리표가 붙어 아지랑이처럼 피어올랐다. 그곳을 곁에 두고 머리를 내어주었다. 감정이 깊게 익은 진한 밤은 처참한 바닥이 되고, 연한 밤은 사랑을 갈구하던 염치없는 상실에 나는 무엇을 바라고, 또 무엇을 위해 기도했던가.

무엇 하나 내 것인 게 없었다. 간절히 쥐면 쥘수록 잡히긴커녕 집채만 한 파도가 되어 달아났다. 자꾸만 빠져나가는 모래알을 손안에 꽉 움켜쥐고 있었다. 더 많은 것을 가지려면 내가 가진 것 중 일부는 포기할 줄 알아야 했다. 익숙함에서 벗어나고 싶으면 새로운 것들에 대한 두려움을 버려야 했고, 좋은 사람을 만나고 싶으면 나도 좋은 사람이 되기 위해 이기적인 부분은 내려놓아야 했다. 사랑하지 못하면 헤어져야 했고 헤어지지 못하면 사랑해야 했다. 모든 걸 갖고 싶어 손에서 놓지 못할 때면, 내가 얼마나 욕심이 많은 사람인지 알았고, 어떤 날은 모든 걸 잃고 공허함에 괴로워해야 했다. 무엇이 진실이고 무엇이 거짓인지를 알기도 전에 나는 얼마나 많은 인연을 떠나보냈나. 멀어진 관계마저 '인연'이라 부르며 얼마나 많은 눈물을 함께 흘려보냈나.

모든 건 지난날이 되어 추억이라 부르겠지만 무엇 하나 쉽게 지나가는 법이 없었다. 시간도, 사람도, 인연도, 슬픔도 물론, 당신도 그러하였다.

산등성이 삶

삶은 산등성이 같다. 오르다 보면 결국 끝은 있겠지만 오르는 동안에는 보이지 않는 정상을 향해 가야 한다. 정상에 오르고 나면 허파에 찬 숨을 고르며 차분해지지만 오르는 동안에는 턱 끝까지 차는 숨을 견뎌야 한다. 지체할 시간이 없다면 그나마 한 숨 돌릴 틈도 없이 걷고, 뛰고, 올라가야 한다. 이럴 때 포기하지 않고 나아가는 유일한 방법이 있다. 바로 목표를 갖는 것.

목표를 갖게 되면 '저 끝까지만 가야지.' '해내야지.' 이 한 가지 생각에만 사로잡혀 열심히 나아가기만 하면 된다. 그러다 보면 이 생각이, 주문이 나를 일으키고 용기를 준다. 마치 암흑 같은 상황에 돌파구가 생긴 것처럼 인생에 동력이 되어 무기력한 나를 조금 더 단단히 살아가게 하고, 끝없는 삶을 혼자서도 걸어가게 만든다. 목표가 있을 때와 없을 때는 이렇게 차이가 난다.

서툰 희망이 조금 더 굳건해진다면, 이 높은 산등성이도 순진무구한 표정으로 오를 수 있지 않을까.

고등학생 때는 대학에 가야 한다는, 대학생 때는 취업을 해야 한다는 목표가 있었다. 지금 좀 힘들어도, 다른 것에 여유를 둘 시간이 없어도 나아갈 목표가 있으니 괜찮았다. 하지만 대학을 졸업하고 사회로 나가는 순간, 나는 조금 두려워졌다. 무엇을 해야 할지, 하고 싶은지 확실하게 알지 못했고, 목표마저 사라졌기 때문이다.

성인이 된 후로 아무도 내게 "이렇게 해라." "저렇게 해라." 라고 말하지 않는다. 이제 내게는 구속받지 않을 자유가 주어졌지만 가끔은 그 갑작스럽게 주어진 자유 때문에 방황할 때가 있다. 앞으로 어떤 선택을 하든, 어떤 목표를 가지고 살든 그 모든 책임이 내게 있으니 더 두려울 때가 많다.

자주 발을 들이던 곳에 갈 때도 번번이 길을 잃거나 어색해했던 나는 이러한 방황이, 자유가 낯설기만 하다. 누군가가 쥐어준 목표를 들고 앞만 보고 달려왔던 터라 스스로 목표를 세우는 일이 어렵기만 하다. 지금껏 내 삶이 착실하게 앞으로 나아가고 있다고 생각했는데, 정작 나는 나아가는 법을 몰랐다.

정신없이 살다 보면 '지금껏 달려온 삶은 내 것이 아니었을까.' 하는 회의감이 한 번씩 찾아오기도 한다. 어려운 길은 빙빙 둘러가기 싫어서, 남들보다 조금 더 쉽게 살아가고 싶어서.

어느 것 하나 쉬운 삶이 없다. 나이를 먹고 점점 더 많은 것들을 알고, 쉽지 않은 밤을 수도 없이 지새웠지만, 여전히 나는, 쉽게 살아가는 방법을 모른다.

사랑하기만 해도
벅찬 날에

모든 사람에게 사랑받고 싶었다. 나조차도 모든 사람을 사랑하지 못하면서 모든 사람에게 사랑받고 싶다는 건 모순이었다. 맞지 않는 사람에게 억지로 끼워 맞추려는 내가 싫었다. 내가 싫어하는 사람이 나를 싫어한다는 걸 견디지 못해 불편함을 불안함으로 만든 울음의 발악. 살아간다는 건 꼭 사랑받아야 하는 것이라 생각했던 어리숙한 욕심이 점점 더 나를 괴롭게 했다. 누군가 나를 좋지 않은 방향으로 판단하는 게 싫어 짓고 있던 표정을 지웠다. 울고 싶은 날에도 웃음을 꺼내고, 어두운 나를 가뒀다. 모두에게 좋은 사람이 되기 위해 얼마나 나를 외롭게 했던가. 얼마나 더 외로워야 나는 이 반복되는 질문을 멈출 것인가.

21

헐치지 못한 새벽에 감히 밑줄을 그을 수 있다면

무너지는 것들에 관하여

아파도 살아야겠지. 누군가에게 받은 상처를 머리끝까지 끌어안고 나는 또 누군가에게 그 상처를 묻히며 살아가겠지. 이 자연스러운 삶이 결코 나 한 명을 가리키는 게 아니라는 것도 이미 알고 있어. 숱한 이별에 아파하며 무너지다가 슬픈 것들이 또 잠시 그리워지기도 하다가 우린 또 아파하겠지. 사유하는 것들을 노래하겠지. 다시 한번 버텨내겠지. 목이 터지라 가쁜 숨을 내던지겠지.

나는 슬픔은 슬픔으로 이겨낼 수 있다고 믿어.

슬픈 날은 슬픈 노래를 듣고 우울할 때는 더 우울한 노래를 듣는 것과 같은 이치야. 한없이 어두웠다가 또 무슨 일이 있었냐는 듯 웃어버리고 말아. 지금 가진 우울에 웃음을 강요했다간 또다시 주저앉고 말 거야. 이래라저래라 내 마음을 확정 짓는 단어들은 쉽게 내뱉기가 조심스러워. 그런 말들에는 나조차도 쉽게 위로받지 못하니까. 그래서 오히려 더 우울한 활자들을 나열해갔어. 더한 우울이 집채만큼 다가와 이 정도쯤은 가볍게 집어삼키길 바랐으니까. 우울한 날도, 힘든 날도 혹은 그렇지 않은 날까지도.

우리는 꽤 많은 시간이 흘러도 이 모든 걸 반복하며 살겠지. 슬픔을 사유하고 미련이 설익은 채로 살아야겠지. 그리고 또다른 슬픔과 마주하고 버텨내겠지. 버틴다는 건 또 한 번 이겨내는 것과도 같으니까.

어른이 되기 싫은 너에게

모든 게 변해도 변하지 않았으면 하는 것들이 있다. 예를 들면 내가 지독히 사랑하는 사람들, 행복했던 순간들, 죄다 사랑과 연관된 것들이다. 어릴 땐 시간이 흐른다는 게 크게 와닿지 않았다. 적은 나이에 1년, 2년이 붙어도 크게 달라지는 건 없었으니까. 처음으로 쉴 새 없이 흐르는 시간을 잡고 싶다는 생각을 했다. 내가 가진 것들을 잃기 싫어서, 지금 이 순간이 너무 행복해서 혹은 이 시간이 지나면 더 불행해질 것 같아서.

그 어떤 방법으로라도 지금 이 순간에 머물고 싶었다. 내 삶의 무게보다 더한 책임을 지는 게 두려웠다. 어떤 순간에는 이 암흑이 너무 고통스러워서 빨리 지나갔으면 하는 순간이 있었고, 또 어떤 순간에는 하염없이 머물렀으면 하는 순간이 있었다.

결국에는 그런 거다. 우린 울다가 웃다가를 반복하면서 또 살아가야만 하는 거다. 변하지 않기를 기도하기보다 변하는 걸 받아들이는 게 더 쉽다는 걸 언젠가부터 알게 된 걸지도 모른다. 흘러가는 것들을 흘려보내는 것도 성숙의 일부라는 걸 깨닫게 된 걸지도 모른다.

어른이 되기 싫지만, 어른이 되고 있다. 내게 놓인 책임이 두려울 때도, 벗어나고 싶어 도망칠 때도 나는 서서히 어른이 되어가고 있었다.

이십사의 시간

　　하루 이십사 시간 중에 세 시간은 나를 위한 시간입니다. 일곱 시간은 꿈을 꾸고 한 시간은 밥을 먹고 나머지 시간에는 사람들을 만납니다. 웃고 뛰고 정신없이 그 시간들을 보내고 나면 또다시 내 시간이 옵니다. 마치 귀퉁이를 접어놓은 책 같습니다.

　　나를 위한 순간은 잠시 접어두고 살다가 다시 그 시간이 오면 펼쳐보게 되는 양면을 가진 순간들. 나를 위한 그 시간을 기다리기 위해 같은 장을 열어두고 꾸역꾸역 살아내는 것만 같습니다. 그리고 지금은 정확히 사 분이 지났습니다.

　　나는 내게 주어진 세 시간 중에 절반을 글을 쓰는 데 썼고 또 그전의 나를 그리워하는 데 썼습니다. 눈을 감으면 내일은 오고 나는 또 오늘을 그리워하겠지요. 오늘을 잘 살았다 확신하진 못하지만, 내일이 되고 아주 많은 시간이 흐르고 나면 알게 되겠지요. 돌아가고 싶거나 그립거나 하루 중 나를 위해 쓰지 않은 그 시간들도 언젠가는 그리움의 때가 된다는 것을.

이 세 시간 속에서 나는 지난 스물한 시간의 지친 몸을 일으키기도 하고 시꺼멓게 눌어붙은 세상의 것들을 속절없이 받아내기도 합니다.

그래서 일어나야 합니다. 몸이 부서질 것 같아도 눈이 쉽게 떠지지 않아도 나는 이겨내야 합니다. 오늘을 보내야 또 나를 위한 시간이 올 테니까요. 또 돌아가고 싶은 어제가 올 테니까요. 돌아보게 되는 나를 만날 테니까요.

다시 하루를 펼칩니다. 어제 내가 보낸 나의 시간 뒤로 오늘을 보내는 나의 시간이 있습니다.

방향감각

나는 지금 어디로 향하고 있는 걸까.
삶의 길 위에서 어디쯤 걸어가고 있을까.

남들은 쉽게 포기하는 일들을
진득하게 끌어안은 내게
누군가는 "독하다." 하고
또 누군가는 "미련하다."라고 했다.

나아가는 것보다는 머무르는 게 쉬워서
내가 맡은 자리를 박차고 나오는 것보다
죽을 만큼 고통스러워도 버티는 게 나았다.

사람들은 내가 무언가를 보여주지 않으면
믿지도, 이해하지도 않았고
변하지 않는 삶과 끝없는 걱정이
엉성하게 꽂혀 상처가 남을 때도
구질구질하게 미련을 훔쳐두곤 했다.

사람들이 던진 말의 잔상이 남으면
속이 반쯤 긁혀 나와도 털어낼 생각을 않고
온갖 생각 더미에 묻혀 며칠을 울며 지새우기도 했다.

떠나와 후회하는 편보다는
구차하더라도 남아 있는 게 나아서
살아가다가 목구멍에 사레가 들기도,
속이 꽉 막힌 것처럼 체하기도 했다.

삶은 어쩌면 내가 하고 싶은 것과
내가 해야 하는 것의 괴리를 인정하는 것.
단 한 순간도 타협할 수 없고
그 한 순간만으로 만족할 수 없는
가해자도 피해자도 아닌 방관자로 살고 싶은 것.

가끔은 내가 저질러놓은 일들에 책임지고 싶지 않은 것.

숨어버리면 다 해결되어 있었으면 하고 바라는 것.

하지만 결국 나만이 해결할 수 있다는 걸 인정하는 것.

나는 늘, 방향을 잃은 사람처럼 어설프게 굴었다.

선잠

뉘엿뉘엿 지는 해 질 녘 속에 떠다니는 흰 구름을 보폭 삼아 널 품에 안으면 다정한 눈빛, 따스한 온기, 저릿하게 내려앉는 목소리, 그 모든 게 한데 모여 오롯이 하나로 담기는 게 좋아서, 가끔 흐릿하게 저물어가는 내일을 접어두고, 아름아름 떠오르는 핑계들은 내려놓고 너를 힘껏 껴안는다. 고즈넉이 흘러가는 이 시간을, 오롯이 서로를 향해 있는 무언의 감정 때문에 가장 무모해지는 그 시간을 사랑한다. 잃어버린 기억의 단 한 순간을 사랑한다. 한 조각의 의심조차 없이 사랑한다. 그래, 사랑한다. 말랑해지는 웃음을 따라 꾹꾹 들어차는 깊은 감정을 따라 하루를 꾹꾹 눌러 담는다. 가진 게 많지 않아 다만 내 모든 걸 줄게. 비록 깊이 잠들지 못하는 밤이 많아도 선잠에서 깨어나 함께 가만가만 걷자.

펼치지 못한 새벽에 감히 밑줄을 그을 수 있다면

색

색이 없다.

내 하루에는 색이 없다.

흑백도 색이라고 한다면

내 하루는 흑백을 닮았을 것이다.

색이 없으니 향도 없고, 소리도 없다.

선명하게 드러날 일도 없고, 시끌벅적한 소음도 없다.

들려오는 소리가, 보이는 형체들이 제각기 흩어져버린다.

들려주려다 멈추어버린다.

보이려다 찢겨져버린다.

어둠에서 일어나 어둠으로 돌아가는 하루,

매일 반복되는 그 하루에 지쳐 잠들면
꿈에서나마 색을 입힐 수 있을까.

지금 내 삶에서 유일한 색은 잠든 그 순간일 거다.
잠시 지쳐 잠든,

꿈에서라도 색을 덧입혀
하루를 예쁘게 물들일 수 있으면 좋을 텐데.

좋아하는 꿈

좋아하는 꿈을 한 권 샀어요. 아끼던 베개도 하나 더요. 눈을 감으면 꼭 이불을 덮어줘야만 할 것 같아요. 날이 눅눅해서 살갗에 바람이 닿지 않으면 견딜 수가 없어요.

또 바람이 한 점 불어요. 내일은 일어나고 싶지 않은 월요일이네요. 꿈은커녕 현실에서 도망치고 싶어져요. 찾아오는 시간에 창문을 굳게 닫고 싶어져요. 우울을 한 아름 받아 먹어도 받아들여야 할 오늘이래요.

잔잔한 노래를 마음속으로 흥얼거리다 내가 산 꿈을 또 한 번 펼쳐보게 되겠죠. 오늘은 평소보다 늦었네요. 차곡차곡 쌓아둔 걱정을 지우고 정신없이 바빴던 하루를 지워요. 좋은 꿈을 꾸기 위해서요.

불행한 오늘을 잊을 줄 아는 것, 다행인 오늘을 기억할 줄 아는 것. 어떤 꿈을 꾸든 불행이 될지 행복이 될지 아무도 알 수 없으니까 어쩌면 다행이에요. 좋아하는 꿈 한 권을 더 살 수 있을 것만 같거든요.

내일이 조금 불행하더라도 그날도 다시 지나가겠죠. 몸이 찢어질 듯한 피곤함도, 불행도, 괴로움도, 설움도, 간절함도 모두 다요. 그것들이 오늘 내 잠을 방해할 순 없을 거예요.

그렇죠. 우리 좋은 꿈 한 권씩 사서 얼른 잠들어요.

처소 處所

욕심 없이 걷고 싶었다. 외로울 때나 괴로울 때나 서글플 때나 내가 모자란 사람일 때나 빈곤할 때나 병들었을 때나 혹은 그 반대의 어느 때에든지 믿음 따라 살고 싶었다. 그럼에도 바람과는 다르게 내가 할 수 있는 건 욱여넣는 것뿐이었다. 뱉지 못해 삼키거나 터지기 전에 눌러 담거나 버텨낼 수 있을 때까지 버티는 것뿐이었다. 하루를 외로운 한숨으로 씹어 먹고 밤새 게워내기 일쑤였다.

그런 걸 보면 나는 항상 목이 마른 사람이었다. 부족함 없이 살고 싶었으나 바라고, 갈구하는 것들이 많았고 그중 어느 것 하나 내 뜻대로 이루어지는 게 없었다. 삶을 간략하게 요약할 수 있다면 서툰 삶들은 다 그 속에 끼워 넣고 싶었다.

소망과는 다르게 세상은 마치 "네 것이 아니니까 욕심부리지 마." 내게 선을 긋는 것처럼 보였다. 나와 다른 반대의 삶에 머무를 때마다 무너지는 나의 삶을 사랑하지 못했다. 숨을 크게 들이쉬는 날이 늘어날수록, 나는 사랑하며 살지 못하는 날이 늘어났다. 집은 있으나 돌아갈 곳이 없는 사람처럼, 구멍 난 양말처럼, 애달픈 사람처럼 굴었다. 그렇게 보이기도 했다.

끊임없이 나를 낮추고 겸허히 이 삶을 받아들이며 겸손하게 살고 싶었다. 약해질 땐 나의 부족함을 인정하고 정체되지 않은 삶을 살고 싶었다. 험한 골짜기에서 길을 잃을 때에도 내가 쥐고 있는 작은 희망 하나로, 이겨낼 수 있다는 믿음 하나로 나아가고 싶었다.

슬픔의 때

슬픔이 지나가는 데에도 때가 있는 모양이다.

한없이 슬플 때는 땅이 무너질 듯하더니
슬픔이 지나갈 때가 되면
가뿐히 일어나게 된다.
적적하던 마음에도 빛이 든다.

깃털처럼 가볍게 움직이다가도
바람 앞에서 털썩, 주저앉는 걸 보면
그러다가 다시 일어서는 걸 보면
나 또한 사람이구나, 한다.

떠내려가는 구름을 보며
내가 가진 하루를 털어버리고 싶다, 하다가도
떠다니는 구름이 여전히 제자리를 지키는 걸 보면
나 또한 살아가야지, 한다.

슬픔이 지나가는 데에도 때가 있는 모양이다.
걸핏하면 울어대는 하루를 비워낸다.

아, 슬픔에도 때가 있구나.
나에겐 아직 그때가 지나지 않았구나, 한다.

한없이 슬플 때는 땅이 무너질 듯하더니
슬픔이 지나갈 때가 되면 가뿐히 일어나게 된다.

슬픔이 지나가는 데에도 때가 있는 모양이다.

아, 슬픔에도 때가 있구나.
나에겐 아직 그때가 지나지 않았구나.

간절함

바라던 게 생각처럼 이루어지지 않을 때
우리는 쉽게 조급해하고 쉽게 결론을 내린다.
할 수 없다고.

배가 고픈데 밥을 먹을 수 없을 때
허기짐에 허덕이는 사람처럼.
목이 메는데 물 한 잔 마실 수 없을 때
갈증에 몸부림치는 사람처럼.

그럴 땐 포기해버리는 대신
허기짐이, 갈증이 가실 때까지
잠시 마음을 비우는 일이 필요하다.

세상일이 참 야속하게도
간절히 바라면 이루어지지 않는 것들이
마음을 비우면 이루어지기도 하는 법이니까.

지금 당장 무언가 이뤄지지 않더라도
그 허기짐이나 갈증 때문에
당장 내가 죽지는 않는다는 걸,
내려놓는 순간 알게 될 테니까.

자존감

자존감이 떨어졌다. 내 자존감을 떨어뜨린 말이나 감정들이 훌훌 털어내 버릴 수 있는 것들이면 얼마나 좋을까. 흘러내리는 빗줄기에 눈물들이 씻길 때 나는 다시 마음을 다잡고 고개를 든다.

사회생활은 불안 그 자체다. 나를 위한 시간은 없고 내가 없는 시간들만 존재한다. 목소리는 최대한 낮게 깔고 나를 낮춰야 한다. 하고 싶은 말을 마음껏 할 수도 없고, 나와 맞지 않는 사람에게 억지로 웃음을 지어가며 그들을 이해하려 애써야 한다. 그 사람들의 기분에 나를 끼워 맞춰야 하고 터럭이라도 닿아서는 안 된다. 사람들은 다 제 삶이 힘들다 단정하는데 이건 포기를 몰라서일까. 제 삶에 만족을 못 해서일까. 발끝에서부터 오는 통증에 아프다.

자꾸만 작아진다. 나는 늘 삶에 자신감이 넘쳤지만, 사회생활을 하고 나서부터는 자꾸만 작아진다. 바닥에 처박힌 자존심이 울 때, 그제야 고개를 겨우 든다. 울지 마, 울면 지는 거야. 자꾸만 울면 진다는 말이 맴돈다. 이미 졌는데, 이미 나는 작아져 하찮은 무언가가 된 것만 같은데. 그 무언가는 아마도 사람은 아닐 테지.

정말 이 모든 감정이 한 번에 훌훌 털어내 버릴 수 있는 것들이면, 툭툭 떨어져 나가는 것들이면 얼마나 좋을까. 흘러내리는 빗줄기에 머금었던 눈물들이 씻길 때 나는 다시 마음을 다잡고 고개를 든다. 내 마음을 아는지 모르는지 비는 주룩, 주룩, 시원하게도 내린다.

대화

아프기 위해 사랑하는 게 아닌데 우리는 사랑하는 사람일수록 더 아픈 말을 한다. 사랑한다는 이유로 자꾸만 서로에게 상처를 준다. 어디로 가기 위해, 무엇을 향해, 누구를 위해, 우리는 사랑을 하는 걸까.

불면

늦은 잠을 청한다. 그래도 쉬이 잠이 오질 않아 뒤척이다 가 나의 모난 구석들을 가만히 들여다본다. 살다 보면 고쳐지지 않는 습관 같은 것들이 자꾸만 늘어난다. 어쩌면 삶은 모가 난 것들을 깎고, 깎고 또 깎아 둥글게 만들어가는 과정이 아닐까. 그런 모난 구석들까지 품어야 하는 게 아닐까.

사실 우리는 어떤 것도 정확하게 알지 못한다. 삶이 어느 방향으로 흐르는지, 얼마나 더 아파해야 이 순간이 지나갈 수 있는지 그 누구도 모르고 답을 해줄 수도, 답을 바랄 수도 없다. 지금까지 나는 지나간 과거를 후회하는 습관이 있었다. 지나간 시간, 미련이 붙은 후회, 그 시간과 함께 떠나간 많은 사람까지도 마음 편히 놓지 못했다. '난 왜 이렇게밖에 하지 못했을까.' '넌 왜 그랬을까.' '왜.' 답이 없는 질문들을 따라가다 보면 지금 이 순간을 사랑하지 못하곤 했다. 나아가야 할 발걸음도 함께 무거워졌다.

언제 다시 내 리듬을 찾을 수 있을까. 견디고 견디다 보니 이 자리를 한참 둘러서 같은 길을 되돌아온 것 같다는 건 나만의 착각일까. 제자리로 굴러들어온 돌이 가슴팍에 걸린다. 지금도 여전히 나는 후회하지 않고는 살 수 없다. 그런 어제로 가득 찬 포만감이 까마득히 오늘의 나를 집어삼켰다.

그 순간엔 최선이었는지도 모른다. 돌아간다 해도 아득한 새벽에, 같은 고민을 안고 지금과 같은 선택을 하게 됐을지도 모른다. 사람은 삶의 어떤 순간에 영원히 매달려 살기 때문에.

가끔은 누군가 말해줬으면 좋겠다. 너도 모르게 한 발자국씩 나아가고 있는 거라고. 제자리걸음이 아니라 걷고 있는 거라고. 너도 충분히 잘하고 있다고. 그러니 과거에 얽매여서 살지 말고 오늘을 살자고.

그 모나 보이는 습관들은 사실 네가 살기 위해 만들어진 거라고. 너를 살게 하는 습관들이 하나둘씩 늘어난 거라고. 모든 걸 잃은 줄만 알았는데 덜어낸 무게만큼 채워지는 삶이란 실로 놀랍다.

마음먹은 대로 할 수 있다면

나를, 삶을 바꿔보겠다고 했던 수많은 다짐과 나의 꿈들. 하지만 어느 순간 하루하루 사는 것도 힘에 부쳐 원래대로 되돌아가 버리고 마는, 그런 하루가 반복되는 삶.

말라비틀어진 하루가 내 시간 속에 산다. 나이를 한 살씩 더 먹을수록, 한 해가 지날수록 맹세했던 다짐들이 희미해진다. 다짐이 너무 과했던 걸까.

문득 어릴 때 알림장에 빼곡하게 써놓은 계획들이, 그것들을 세우고 이룰 때 빨간 동그라미를 치며 뿌듯해했던 내가 떠올랐다.

이제는 내가 생각한 대로, 계획한 대로 삶을 꾸려나가는 게 쉽지가 않다. 잘 풀리지 않는다. 그 계획들도 나만큼이나 나이를 먹어서일까. 아니면 또 달라진 무엇이 있어서일까.

마음먹은 대로 할 수 있다면, 생각하는 것처럼만 될 수 있다면 얼마나 좋을까.

그러나 이런 바람은 어느새 욕심이 되어버렸다. 꿈을 꾸면 철이 없거나 미련해 보이고, 생각만 해도 눈치가 보인다. 꿈은 저만치 도망가버리고 나는 눈을 꼭 감아버렸다.

하지만 그렇다고 꿈꾸지 않을 수 없어 눈을 감은 채로 잠을 청해본다. 잘 자. 잘 자. 자야지 또 내일 꿈을 꾸지.

용기 있는 삶에 대하여

언제부턴가 나는 삶에 대해 의문이 들곤 했다. 자유롭게 떠나고, 하고 싶은 일들을 해내는 사람들에 대한 동경일까. 이상하게 그럴 때마다 나열해놓은 수많은 활자가 늘 나를 비껴갔다. 피할 틈도 없이 정통으로 박히는 건 다름 아닌 절망뿐이었다.

누군가 "당신은 어떤 사람입니까?"라고 묻는다면 한 번쯤 생각해보는 척하고 "생각이 많은 사람입니다."라고 말하고는 "생각이 많아 생각한 만큼을 이루지 못하는 사람입니다."라며 머쓱한 웃음을 덧붙일 테지. 과연 나에게도 그런 동경이 쏟아질 수 있을까.

인생은 한 번뿐이라는데 나는 그 한 번뿐인 인생에 머뭇거리느라 하지 못한 일들이 참 많다. 말만 들으면 쉽다. 떠나고 싶을 때 자유롭게 떠나고, 쉬고 싶을 때 자유롭게 쉬고, 하고 싶은 일을 원 없이 한다는 것. 그렇지만 이 문제를 삶에 대입시켰을 땐 어렵게만 느껴진다. 나와는 다른 길인 것마냥 비껴간다.

삶에서 용기가 필요하지 않은 순간은 단 한 순간도 없었다. 시작할 용기, 그만둘 용기, 떠날 용기. 모든 것에 용기가 필요했다. 그것들은 어디서부터 시작되며, 얼마나 더 가야 알 수 있을까. 내 것이 될 수 있을까.

도통 알 수 없었다. 둘, 셋, 네 걸음 즈음 걸었을 때 나는 가슴이 조였다. 목에 걸린 게 내려갈 생각을 하지 않더라. 몇 걸음을 더 걸어야 하는지 몰라 초췌한 발걸음을 조금 더디게 두었다. 하고 싶은 게 많고 이루고 싶은 게 많아 두려웠다. 그만큼 잃어야 할까 봐, 그만큼 주워 담아야 할까 봐. 잃는 게 낯설고 익숙함이 사라지는 게 괴롭다. 세상은 나에게 포기가 실패라고 가르쳤지만, 나는 그것들이 실패가 아니라 선택이라 믿는다. 또 다른 길로 나아갈 수 있는 하나의 방향이라 믿는다.

잘 있어라, 갇혀 있던 내 어둠들이여.
빼곡히 박아둔 용기를 슬며시 꺼낸다.
아, 이제는 내가 나아가야 할 차례.

열심의 기준

"나 열심히 했어."

사람마다 '열심히'의 기준이나 정도가 다르겠지만, 누군가 저렇게 이야기한다면 그건 아마 그 사람의 최선일 것이다. 그래서 "너 열심히 한 거 나도 알아."라는 말을 들으면 생각보다 마음이 많이 흔들린다. 그 말을 듣는 순간, 적어도 내가 정말 열심히 했다는 걸 인정받은 것 같아서. 그 말을 듣길 바란 게 아니더라도 듣는 순간 그 말을 건네준 사람을 와락 안고 싶어진다.

반면 갑작스럽게 내뱉는 말은 위로가 아니라 오히려 상처가 될 때가 많다. 나를 위한답시고 자기 경험치로만 내뱉는 말들이 꼭 그렇다.

"원래 다 그런 거야. 나도 그랬어. 시간이 지나면 다 괜찮아질 거야. 그래도 넌 지금 내 상황보다 낫잖아."

위로랍시고 자신의 상황을 상대의 아픔과 견주는 사람에게는 무언가를 기대하기가 어렵다. '원래'라는 말, '나도'라는 말, '괜찮아질 거'라는 말. 그 말들이 또 다른 상처로 자리 잡는다. 더는 어떤 말도 입 밖으로 나오지 않았다. 입술 밖으로 튀어나오는 연결되지 않은 초성들을 황급히 속으로 묻었다. 어떤 말도 할 수 없었다는 건 그 말들 중 단 한 글자도 마음에 새길 수 없었다는 것과 같다.

앞뒤 문맥도 없이 무조건 괜찮아질 거라는 말과 지금 이 순간만 벗어나면 '오래오래 행복하게 살았습니다'로 끝나는 기약 없는 확신은 나를 더 괴롭게 했다. 반면에 나의 상황에서 나의 최선을 인정해 주는 말들은 오히려 고맙다.

"너도 최선을 다했어. 그러면 된 거야."

이 별거 아닌 말이 나를 힘나게 할 때가 있다. 몸은 버티고 버티다 말지만, 어떤 사람의 한마디는 그 수십 번 버틴 나를 무너지게도 하고 또다시 일어나게도 한다.

어른 놀이

어렸을 때 나는 '놀이'를 만들어서 하는 걸 좋아했다. 무슨 일이든 'ㅇㅇ 놀이'라고 부르면서 하나씩 하나씩 해나가는 걸 즐 겼다. 하지만 어른이 된 나는 이제 놀이를 만들지도 않고, 그 어 떤 놀이도 즐겁지가 않다.

지금 내가 하고 있는 놀이라고 하면 그건 '어른 놀이'가 전부 다. 어른이 아니면서 어른인 척하는 것 말이다. 가면을 쓰고 그것 이 마치 나인 것처럼 연기를 한다. 어른은 도대체 몇 살부터 몇 살 까지가 어른인 건가. 아무도 알려주지 않았는데. 나는 내가 어른 인지 아닌지 판가름할 수 없을 때부터 어른인 척했던 것 같다.

어른 놀이는 간단하다. 마음이 시키는 대로 다 하지 않는 것. 참고 인내하며 내색하지 않는 것. 웃기지 않아도 웃어야 했고, 슬퍼도 울 수 없었다. 보고 싶은 사람이 있어도 때때로 참아야 했고 하고 싶은 일이나 꿈이 있어도 상황에 따라 접어야 했다.

어릴 때는 자기감정을 표현하는 일이 솔직하고 자신감 넘치는 멋진 일이라고 했었는데, 어른 놀이를 할 때는 모두 소용없는 일이다. 아니, 해서는 안 되는 경우가 더 많다. 감정과는 반대로 사는 게 어른들의 세상인 걸까. 숨고, 감추고, 욱여넣고 그러다 보면 언젠가는 터질 텐데. 그러면서도 참고 또 참는다. 남들 앞에서는 진짜 내 모습을 뒤에 두고 애써 태연한 척한다.

어른 놀이에 익숙해진 나는 이제 울고 싶으면 아무도 모르게 돌아서서 운다. 어렸을 때는 내 감정을 솔직하게 잘 표현했는데 이제는 무엇이 내 감정인지조차 잘 모르게 되었다. 나는 또 이렇게 잘하는 일이 한 가지 더 줄었다.

어른이 아닌 나는, 항상 어른 흉내를 낸다. 어른인 척하는 놀이를 한다. 그토록 좋아했던 놀이가 지금 나를 가장 외롭게 만든다.

마지막

나는 늘 삶의 끝이 어딘지 알고 싶었다. 막막한 미래보다는 그 끝을 알게 되는 막연함이 오히려 더 낫지 않을까 하는 생각에 서였다. '나는 어떤 사람이 될까.', '어떤 사람들을 만날까.', '앞으로 내게는 어떤 좋은 일들이 펼쳐질까.' 하는 생각을 자주 했다. 내 불행이 어디쯤인지, 얼마나 불안한지 미래를 알지 못하며 까마득한 것도 비슷한 궁금증으로 둘 수 있을 것 같았다.

그렇지만 생각하는 대로 모든 일이 다 이루어지지 않는 것처럼 끝을 알고 시작하는 것들은 많지 않았다. 아니 거의 없었다고 해도 과언이 아니다. 우리는 모두 미래를 알고 싶어 한다. 좋은 것만, 좋은 일만 찾아오기를 바라는 착각 때문일까. 삶은 드라마처럼, 영화처럼 그렇게 시시하지 않다. 결국 결말을 바라는 것이 우리에게는 기대감보다 허무함만 안겨줄 뿐이다. 우리는 우리가 어떤 결말을 갖게 될지 아무도 알지 못한다.

사실상, 끝을 알면 좋은 일보다는 좋지 못한 일이 더 많이 일어난다. 끝을 알고 있다고 해서 내 방식대로 삶을 이끌어가는 게 아니라, 나도 모르게 정해진 방향으로 나를 맞춰가려고 하기 때문이다. 결국엔 알고 있었던 미래가 밋밋한 현실로 돌아오게 된다. 끝을 생각하고 하는 연애가 불행한 것처럼, 끝을 알고 시작하는 삶도 그다지 좋은 방향으로 데려가지는 못할 것이다.

우리는 누구도 끝을 알지 못한다. 내 삶이 어떻게 될지, 내가 어떤 사람이 될지 아무도 알지 못한다. 수많은 관계 속에서 마지막까지 함께해줄 인연 또한 아무도 찾지 못한다. 어쩌면 우리 삶은 그래서 더 재미난 것일지 모른다. 그래서 더 열심히 살아가고 싶은 것일지 모른다.

더 간절히, 더 소중히 무언가를, 어떤 사람을, 어떤 꿈을, 사랑을 쥐고 있는 걸지도 모른다.

거울

사람이 유일하게 못 보는 모습이 있다. 바로 자기 눈으로 스스로를 확인하는 것. 거울, 누군가의 눈, 카메라 등을 통해서 비치는 모습이 아니라 내가 내 눈으로 내 모습을 바라보는 일은 불가능하다. 왜 나는 내 모습을 볼 수 없을까. 왜 무언가나 누군가를 통해야만 볼 수 있는 걸까. 그러니 자꾸만 남의 잣대로 나를 보고, 남의 기준에, 세상의 기준에 나를 맞추려고 들었다. 남들이 보는 나, 세상의 시선에 비춰진 내 모습만 생각하면서.

내 눈으로 나를 보고 싶다. 누군가가 나를 판단하는 게 아니라, 나조차 나를 판단하는 게 아니라 그저 있는 그대로 나를 바라보고 싶다. 그 자체로 잘한다고, 잘하고 있다고, 고생했다고 내가 나에게 말해주고 싶다. 나에게 다정한 안부를 건네고 싶다.

펼치지 못한 새벽에 감히 밑줄을 그을 수 있다면

감사하는 삶

어릴 때부터 나는 쉽게 체했다. 고기는 물론이고, 김밥을 먹어도, 속 편한 된장찌개를 먹어도, 라면을 먹어도 그 어떤 음식을 먹어도 그랬다. 주변 친구들은 "보통 체한 음식은 다시 먹고 싶지 않잖아. 넌 왜 이렇게 잘 먹어?"와 같은 말들을 여러 번 하기도 했으나 나는 먹고 체하지 않은 음식이 얼마나 되는지 생각했다. 그렇게 따지면 먹을 수 있는 게 하나도 없었다. 집에서 밥을 먹을 땐 체한 적이 많지 않지만, 밖에 나가서 먹는 음식은 줄곧 그랬다. 그런 걸 보면 나는 편한 곳이 아닌 데서는 남들보다 쉽게 예민해지는 사람이라는 걸 알 수 있었다. 머리로는 그렇지 않다고 몇 번이나 외쳐도 당장에 몸이 반응했다.

체하면 속이 안 좋은 건 물론이고 두통까지 함께 왔다. 속을 게워내고 싶어도 헛구역질만 나고 아무리 등을 두드려도 울려대기만 할 뿐 더는 나아지지 않는다. 약을 먹고 기다리는 수밖에 없다. 몸이 아플 땐 생각이 더 많아진다. 사소한 것에 불평했던 내가 후회되고 작은 것에도 감사하지 못한 내가 미워진다. '속만 조금 더 괜찮아졌으면.' '두통이 조금만 사라지기를.' 그 순간만 지나가기를 바라는 기도에 '내가 참 작고 연약한 사람이구나.' 하는 생각을 한다.

허여멀겋게 끓인 흰죽을 잘근잘근 씹어대며 작고 약한 내가 얼마나 많은 것들을 잊고 사는지를 함께 곱씹어보게 된다. 완벽한 사람이 되기 위해 얼마나 많은 것들을 움켜쥐고 놓지 않았는지, 미완성으로 살아가면서 완전한 사람이 되기 위해 얼마나 감사한 것들을 내버려 두었는지 떠올리게 한다.

지금 이 순간은 결코 돌아오지 않는다. 이 순간은 소중한 것들이 얼마나 소중한지를 아는 사람들에게만 존재할 거다. 그것들은 생각하는 것에 따라 소중한 것들이 되기도, 하찮은 것들이 되기도 한다.

작은 것들 중에는 작지만 큰 것들이 많다. 대개 우리가 매일같이 살아가는 삶, 너무 작고 당연해서 잊고 사는 것들이 그렇다. 작은 것들이 모여 큰 게 된다. 작은 불평은 더 큰 불평을 낳지만 작은 감사는 더 큰 감사를 낳는다. 세상에 어느 것 하나 당연한 건 없다. 사소한 것에도 끊임없이 감사하며 살아가는 삶, 이보다 소중한 인생이 있을까.

행복을 찾아서

누가 묻더라. "언제쯤 네가 하고 싶은 일을 할래."

나는 대답해. "용기가 생길 때 즈음이요."

또 묻겠지. 무슨 용기가 필요하냐고.

나는 또 대답해. "세상에 지지 않고 행복을 찾을 용기요."

이제 더 이상 할 말이 없는지 아무 말 않고 가네. 아직까지도 없어 보였나 봐. 그런 용기가. 나 꽤나 당당한 사람이었는데 언제부터 땅만 보고 걷더라. 위를 봐도 깜깜한 하늘뿐이야. 고개를 들면 목이 뻣뻣하게 아프다고 변명을 해보지만, 고개를 숙이면 더 목이 저리다는 걸, 가끔은 좌우로도 돌리고 위도 봐야 한다는 걸 나도 알아.

우리는 행복하고 싶다는 말을 종종 했지. 행복이라는 말은 너무 막연해서 "행복해질 수 있을까."라는 말보다 "불행해지지 않을 수 있을까."라는 말이 더 쉽게 소화되곤 해. 용기를 잃고도 나, 불행해지지 않을 수 있을까. 지긋지긋한 일상에서도 진정한 행복을 찾을 수 있을까.

　　너는 어때. 같은 처지라면 우리 같이 울래? 펑펑 울 줄 몰라서 안 우는 게 아니잖아, 우리. 혼자서 울면 주책이라고 무안을 주니까 그렇지. 어쩌다가 우는 것도 눈치 보는 세상에서 살고 있는 걸까 우리는.

끝

끝이 난다. 먹먹하던 하루도, 인생도. 연극처럼 삶도 1막, 2막 이 나뉜다면 좋을 텐데. 그렇다면 내 인생의 1막은 힘들어도 2막에 서는 웃을래.

좋지 않은 일은 나에게만 생긴다고 생각했다. 뭐든 쉽게 살 아가는 사람들에 비해 내가 살아가는 삶은 한 번도 고단하지 않 은 적이 없었다. 평탄한 길과 오르막길이 있다면 나는 늘 오르막 길로 꿋꿋이 올라서야 남들의 절반을 따라갈 수 있었다. 남들보 다 두어 배를 노력해도 나는 늘 제자리였다.

가끔은 삶에 회의감이 들었다. 내가 세상과 반대 방향으로 걸어가고 있다고도 생각했다. 바람이 부는 방향은 늘 나와 정반 대였다. 거스르고, 거슬러 올라 겨우 그들과 나란히 걸을 수 있었 다. 배우는 게 남들보다 더뎠고 그만큼 더한 노력이 필요했다. 어떤 선택을 하든 그 책임은 본인의 몫이지만, 걱정도 고민도 그 책임을 짊어지며 나름 열심히 하루를 살았다. 매 순간 최선을 다했고 할 수 있는 만큼 고단한 하루를 살았다.

　어떤 일도 내 마음처럼 쉽게 되지 않아 책임을 외면하고 싶은 적도 많았다. 더디게 걸어갈수록 사는 게 불안해졌다. 남들보다 늦어지고, 뒤처지면서 높았던 자존감도 함께 망가져 갔다. 매일같이 과거를 후회했고 새로운 다짐을 했다.

　어느 순간부터 노력이 모든 걸 해결해준다는 말을 믿지 않았다. 아무리 마음을 다잡고 꿋꿋이 걸어도 노력은 나를 배신하기도 했다. 세상은 노력하지 않는 사람의 편이 되기도 하고, 어떤 기대도 하지 않은 사람의 편이 되기도 했다. 노력을 뛰어넘는 운명은 끝없는 질타나 자책이 되어, 받아내는 건 오롯이 나의 몫이 되곤 했다.

　하지만 포기하진 않았다. 그러고 싶지 않았다. 이유 없이 몸과 마음이 힘든 날에는 집으로 돌아와 울음을 토해냈다. 참고 참았던 응어리를 텅 빈 방 안에 뱉어내고 나면 왠지 모르게 마음 한편이 후련해지곤 했다. 하루하루 핑계가 많은 이유는 어쩌면 외치고 싶었던 마음의 소리였을지도 모른다. 아무도 알아주지 못하는 적막에서 벗어나고 싶었던 건지도 모른다. 비록 큰 소리를 내지는 못하지만 '후회는 없잖아.'라는 핑계라도 대며 나를 다독여주고 싶었던 걸지도 모른다.

밤공기가 좋다. 지금까지 쉬지 않고 달려왔다. 남들이 걸을 때 나는 뛰었고, 남들이 여유를 부릴 때 나는 꿋꿋이 그 길을 걸으며 정신없이 바빴다. 이제 주변의 것들이 보인다. 앞만 보고 가느라 신경 쓰지 못한 나의 것들.

선선한 공기가 주는 평온함에 취해 걷는다. 설렁설렁 곧게 선다. 누군가의 의지가 아니라 내 의지로 두 발을 딛고 걷는다. 구부정한 허리를 펴고 만세를 한다. 찌푸린 이마를 편다. 내가 아닌 나로 살아갔던 내 삶의 1막, 도려내고 싶을 만큼 지쳤지만, 이제는 웃는다.

나의 마지막이 또 한 번의 시작이라 믿으면서,

다시 한 번 살아야겠다고 다짐하는

제2막.

버티는 사람이 승리한다

당신이 내게 견디지 말라고 했을 때 나는 그 말을 들었어야 했다. 곱씹었어야 했고 귀담아들었어야 했다. 견디는 게 무조건 잘하는 게 아니라는 그 말을 따라야 했다. 슬픔의 왈츠가 울려 퍼진다. 그때 들리지 않던 당신의 목소리가 한참이 지난 지금에야 들린다. 당신이 날 향해 짓던 그 안쓰러운 표정이 보인다.

그만둘 용기가 없는 나는 계속 버틴다. 힘들다고 하면서 여전히 꾹꾹 삼킨다. 괴롭다. 맛없는 음식을 삼키는 것처럼, 몸에 맞지 않는 옷을 입는 것처럼. 힘든 걸 견딘다는 건 이토록 괴로운 일인 것 같다. 이 괴로움은 당신의 말을 듣지 않은 내가 감수해야 할 몫인가 보다. 조금만 더 일찍 포기했더라면, 포기할 수 있었다면 좀 달라졌을까. 차마 그러지 못한 나는 이 말도 버티는 것만큼 아프다.

초심

시작할 때의 마음가짐을 떠올립니다. 그 마음으로 돌아갑니다. 그러면 왠지 더 겸손해지는 것 같습니다. 작은 것을 이루기 위해 노력하고 다시 또 큰 것을 기대하는 것이, 큰 것을 가졌으면서 작은 것을 가지지 못해 불안해하는 것보다 더 낫다는 사실을 다시금 생각합니다.

오늘도 하루를 시작합니다. 나갈 때 작은 우산을 챙겨가라던 엄마의 말은 집을 나서서 한참을 걷고 난 후에야 떠오릅니다. 정말 비가 올까요. 한 치 앞도 예상하지 못하는, 비가 올지 안 올지조차 알지 못하는 삶을 살고 있으면서, 그런 것조차 예측하지 못하는 작은 존재이면서 왜 더 큰 것만 바랐을까요.

내가 옳다고 생각하는 것들이 앞서 자꾸만 욕심을 부리게 됩니다. 작은 것들에는 시선을 거두고 큰 것들에 마음을 둡니다.

어릴 땐 엄마가 비가 온다고 하면 우산을 챙기고, 엄마가 하는 모든 말을 곧잘 믿었는데 요즘은 몇 번을 강조해야만 뒤늦게 깨닫게 됩니다. 왜 우린 처음의 마음가짐으로 살지 못하는 걸까요.

모든 것에 처음을 떠올립니다. 우산 하나에 겸손해지는 순간입니다.

겨냥

대못이 박힌다.
빼내는 데도 오랜 시간이 걸리지만
삐죽 튀어나온 자리가
유독 날카롭다.

심장 깊숙한 곳에 대못을 박아놓고
착한 척하는 얼굴을 하고
붉힐 줄 모르는 사람들이 있다.

대못에 박힌 사람은
매일 머리를 싸매고
피를 뚝뚝 흘리며

눈물을 폭우처럼 쏟아도
다름없이 괴롭다.

박힌 대못 사이로
상처는 깊이 곪고
어쩌면 평생 남을 흔적을 안고
살아야 할지도 모른다.

밤마다 떨어지는 설움을 받아 먹고
누군가의 과녁이 되어도
벗어난 틈새에 나는
찔려도 아픈 줄 모르고
살았다.

이별과 이별하는 방법

'혼자'라는 말이 무서웠다. 혼자 하는 것들에 익숙해질 나이가 되었지만, 세상에 속하지 못하고 겉돌면 어떡하나 늘 불안했다. 어쩌면 그래서였는지도 모른다. 관계를 쉽게 맺고 끊지 못하는 것도, 쉽게 다가오는 관계를 조금씩 멀리하게 되는 것도. 수도 없는 헤어짐과 멀어짐을 겪으면서 확실히 알게 된 것은 '단 한순간도 슬프지 않은 이별은 없었노라.'라는 것이다.

이별이란 홀로 외로이 놓이는 거라고 생각했다. 내 전부였던 사람이 한순간에 사라지는 것. 내 세상이었던 사람을 뒤돌아서는 일이라고. 매번 같은 생각만 맴돌았기에 멀어지고, 무너지고, 뒤돌아서는 일은 도저히 면역이 생기지 않았다. 같은 이별을 반복해도 여전히 아팠고 변함없이 슬펐다.

그러나 이별은 버려지는 게 아니다. 떠났다고 괴롭고, 남겨졌다고 가여운 게 아니다. 그저 돌아가는 것이다. 내가 나로, 네가 너로. 우리가 본래 있었던 자리를 찾아서 각자의 온도를 맞춰가는 것이다.

그러니 슬플 땐 슬퍼해도 된다. 아플 땐 아파해도 된다. 슬플 때 슬퍼할 줄 알고 아플 때 아파할 줄 아는 것도 모두 이별의 과정인 것이다. 놓이는 것도, 놓아주는 것도 자연스러운 과정인 것을.

숱한 관계들과 이별하면서, 이별과 이별하는 방법 또한 조금씩 깨닫는 중이다. 내 전부였던 사람이 사라지는 게 아니라 그 사람도 나의 일부였음을, 그럼에도 나는 아픔을 소화시켜 더 나은 사람이 되기 위해 울음을 웃음으로 승화시킬 줄도 알아야 한다는 것을. 내가 놓으려 하지 않아도 자연스레 놓아지는 사이, 멀어지려 하지 않아도 멀어지게 되는 그런 사이에 집착하지 않아야 한다는 것도.

관계라는 건 참 이기적이어서 누군가의 잘잘못에서 나오는 그림자가 아니라 자연스럽게 만들어지는 아우라 같은 것이었다. 잡아야 하는 건 잡히지 않고 멀게만 느껴지는 것. 간절히 바라는 건 절대로 이루어지지 않는 것. 입안에서 떫은맛이 진동했다. 지워지지 않는 냄새를 빼며 나는 줄곧 불안을 노래했다.

감정선

이유 없이 걸리는 부분이 많은 것은 참 고단한 일이다. 운동을 하지 않았는데도 근육통에 온몸이 굳거나, 누가 뭐라 하지 않았는데도 어떤 부분에서는 가시가 박힌 듯 온몸이 찌릿한 것.

사람에게 감정이라는 부분은 이토록 예민해서 타이밍이 좋지 않을 때는 그 타이밍을 이해하려 노력하기보다 쉽게 안 좋은 방향으로 향할 때가 많다. 이미 엎지른 물은 주워 담을 수 없는 것처럼 어떤 부분에서 한 번 마음이 요동치기 시작하면 더 이상 그 관계는 깊어질 수 없다.

우리는 사실 사랑하는 것보다 사랑하려고 노력하는 날이 더 많다. 미세한 감정을 하나하나 신경 쓰다 보면 나조차도 날이 설 때가 많다. 하지만 나와 맞지 않는 사람을 이해하려 애쓰지 않아도 된다. 관계도 바다처럼 파도와 함께 일렁이다가도 어느 순간이면 잔잔해지곤 하니까. 잔잔한 마음으로 잔잔하게 살다 보면, 노력해서 사랑하지 않아도 곁에는 사랑하는 사람들만 남아 있겠지.

펼치지 못한 새벽빛 감히 밑줄을 그을 수 있다면

실타래

꼬일 대로 꼬이면 끝도 없이 꼬인다. 누군가 파놓은 함정임에 틀림없다. 가까스로 몸을 누이고 어지러운 마음을 바로잡으려 애써도 누군가 나를 벼랑 끝에 내몰고 시기와 질투로 범벅된 파도를 잘근잘근 씹어대는 건 어떤 식으로도 쉽사리 가라앉지 않았다.

머릿속을 온통 헤집어놓고 보란 듯이 던지는 무성한 소문들에 나는 앞발 없는 고양이처럼 옴짝달싹할 수 없었다. 누군가에게 고통이 될 만한 말들은 늘 고통 그 이상의 것이 되어 그들이 듣기 좋게 부풀려졌다.

마치 처음부터 그것들이 내 것이었던 것마냥 쓸쓸히 부서진다. 힘든 삶에 연명한다는 느낌으로, 더 이상 사랑할 수 없다는 확신으로 누군가에게는 색안경 낀 시선으로 다가온다. 내 존재가 원래 그랬던 것처럼 그런 형태가 본래 존재했던 것처럼 외로운 그림자가 되어 돌아온다.

그들이 나를 어떤 사람으로 봐도 크게 상관은 없었다. 내가 그들에게 난 그런 사람이 아니라고 강하게 외쳐도 그들이 제 시선으로 이미 찍어버린 낙인은 나 혼자만의 힘으로는 벗겨낼 수가 없는 탈이었으니까.

굳이 아니라고 외치고 싶지 않았다. 벗겨내고 싶지도 않았다. 그들의 존재 또한 내게 어떤 터럭만큼도 되지 않았으니까. 이토록 의미 없는 관계는 그들이 아무리 감정 없는 단어를 섞어 내뱉더라도 내겐 아무 상관이 없다.

나는 비록 그들에게 어떤 말도 섞지 못하지만 단 한 글자도 그들의 품에 의미 있는 말이 되지 못하지만 가끔은, 오해라는 핑계를 두고서라도 실타래를 풀고 싶어진다. 내가 생각하고, 목메고, 아파하는 엉킨 것들도 역시 인정하고 싶지 않은 내 진심이었나 보다. 사랑하지 못하는 것들도 사랑하고 싶었던 나의 마지막 남은 열망이었을지도 모른다.

덮어놓고 쓰는 글

한때 나는 주변에 내 사람이 많다고 생각했습니다. 꽤 오랜 시간 동안 그렇게 생각해왔습니다. 내 인생의 절반 이상은 사람들과의 교류였고, 내 사람들을 위로해주고 그들에게서 위로받을 때마다 내 존재에 대한 의미를 찾곤 했습니다. 어쩌면 그것이 내 전부였을지도 모릅니다.

지나치게 관계 중심적이라 사람들과 어울릴 때 내가 더 빛나는 것 같았고, 누군가와 함께할 때 행복했습니다. 내 옆에 있는 사람이 힘들어하면 그만큼 아팠고 내 에너지를 모두 쏟아 그 사람을 생각했습니다. 좀 과하다 싶을 만큼이요.

하지만 나는 이제, 내 감정을 다른 사람들에게 말하는 게 힘이 듭니다. 어색합니다. 내 고민과 아픔을 털어놓음으로써 느끼는 해방감보다 그들이 내 감정을 함부로 대하진 않을까 하는 두려움이 앞섭니다. 지금까지 살면서 이렇게 큰 회의를 느낀 적은 손에 꼽습니다. 요즘 들어 내 편이 없는 것만 같습니다. 그래서 가족 이외에는 타인에게 이전만큼 정을 주기가 무서워졌습니다.

물론 그들의 입장도 이해는 합니다. 각자 자기 몫의 삶을 살기 바빠서, 자기 자신조차 챙기기 힘들겠지요. 하지만 바쁘다는 핑계로 무심해지고, 때때로 냉기 서린 태도로 대하는 그들을 마주할 때면 나는 꽤나 민감해집니다.

내 마음을 들여다보는 일에는 둔한 내가, 타인의 기분이나 말에는 유독 예민합니다. 그래서 그들이 무심코 던진 말 한마디에도 상처를 많이 받습니다. 내가 생각하는 만큼 그 사람이 나를 생각해주지 않을 때, 약간의 거리를 두거나 우리의 관계가 단단하다 여겨지지 않을 때도요.

어쩌면 나도 모르는 사이에 내가 정말 사랑했던 그 사람들에게 너무 많이 의지했었나 봅니다. 십 년을 알고, 이십 년을 알아도 여전히 그들은 나에 대해 모르는 게 많습니다. 물론 나 또한 그렇습니다. 그러다 보면 내 사람이라고 생각했던 사람들이 하나둘씩 떠나갑니다. 내가 이렇게 말하면 그들은 아니라고 손사래를 칠 게 분명합니다. 그렇지만 나는 조그마한 냉기에도 입김을 내뱉는 사람입니다. 사람에게만큼은 민감해집니다.

멀어져 버린 관계에서는 내가 얼마나 좋은 사람인지, 내가 그동안 그들을 얼마나 위했는지, 얼마나 생각했는지 그건 그리

중요한 문제가 아닙니다. 그것과는 상관없이 관계에 대한 회의 감이 몰아칠 때도 여전히 그들은 내 온도를 눈치채지 못하고, 허전한 내 마음은 차갑게 식어갑니다. 홀로 싸늘히 식어갑니다. 완전히 식어버리게 되면 어떻게 될지는 나도 모릅니다.

사랑하는 사람들을 한 명도 놓치고 싶지 않아 꼭 붙잡고 있었던 마음의 끈들이 조금씩 느슨해집니다. 아무도 알아주지 않습니다. 그들이 힘들 때 곁에 있어 줬던 게 대가를 바라거나 알아주길 바라고 한 건 아니었지만, 내가 힘들 때, 내 감정에는 무심한 그들에게 나도 따라 무성의한 사람이 되고 맙니다.

이제는 지칩니다. 멀어진 인연들을 놓아버리고 싶습니다. 내가 사랑했던 사람들에게 결국 나는 스쳐가는 사람, 아주 작은 일부일 뿐이었습니다. 그걸 너무 늦게 알아버렸습니다.

일 년, 이 년이 지날수록 뼈가 저릿해질 만큼 느끼는 것들이 많습니다. 이 순간을 이해하고 나면 나는 더 단단해질까요? 아주 많은 마음을 용서하고 또 아주 많은 용서를 받고 싶습니다. 그들에게 서운해 했던 내 마음을 내려놓고 이 또한 사랑하고 싶습니다.

살아가면서 그들에게 내 사랑을 주면서 내심 그만큼의 사랑을 바랐습니다. 내가 이만큼을 주면 상대도 이만큼 줄 거라는 믿음으로요. 사랑을 구걸하다 보니 사랑이 또 한 번 나를 비참하게 만듭니다.

나와 달리 당신은 사랑도 내려놓을 줄 알았으면 좋겠습니다. 기대하는 마음, 작지만 큰 바람들, 그들에게 가진 서운한 감정까지도 함께 내려놓았으면 좋겠습니다. 스스로 사랑을 준 것에 대해 후회하지 않았으면 좋겠습니다. 준 것만큼 돌아오지 않아도, 사랑은 충분히 따뜻하다고 믿었으면 좋겠습니다.

추억

시간이 지나면 소중했던 우리의 시간도 한순간의 과거가 되어버린다. 하지만 그때의 기억 중 어떤 것들은 잊히지 않고 우리 삶에 남아 있다. 그것을 우리는 흔히 추억이라고 부른다. 추억 속에 갇힌 기억이 때로는 그리워지기도 한다. 하지만 어느 누구도 그때로 돌아갈 수 없겠지. 그럼에도 우리는, 지나가 버리고 말 수많은 시간 속에서 저마다의 흔적을 남겨 두었기에 그렇게, 그렇게 살아가고 있는지도 모른다.

반대 단어

괜히 서글픈 날에는 힘을 내기 싫어져요. "어쩔 수 없어, 이 겨내야지."라는 말은 단 한 마디도 마음에 새겨지지 않아요. "조금 더 힘내."라는 말 대신 정말 조금 더 힘이 나는 말을 해주세요. 통째로 씹어 먹어도 얹히지 않을, 마음을 꽉 막히게 한 것들까지 모두 게워낼 수 있는, 틀림없이 스스로 일어날 수밖에 없는, 그런 힘이 되는 말들 말예요.

안 된다면 차라리 반대의 말을 주세요.

"울지 마." 대신 "울어도 돼."

"힘내." 대신 "힘내지 않아도 괜찮아."

뭐 그런 말들이요.

나는 오늘도 어김없이 내 삶을 사랑하고 싶어요.

힘을 내지 않아도 될 만한 삶을 살고 싶어져요.

눈을 감아도 사라지지 않는 것들

책장을 넘길 때 넘어가지 않는 부분들이 있다. 물을 삼키고 나서도 숨 한 번을 크게 쉬어야 하는 그런 순간이 있다. 삶에 그리움이 묻어나는 장면들이 꼭 그렇다. 스쳐 지나가는, 금세 사라지는, 그래서 마음에 더 오래 머무르는 그런 순간들.

여기서 '금세'라는 단어를 내뱉을 때 목소리가 잘 나오질 않는다. 다시는 못 볼 순간이라 그런지 목이 멘다.

사람마다 이런 장면들이 있을 것이다. 그 장면들은 찢겨나간 부분일 수도 있고, 삶에서 잠시 접어두고 싶은 부분일 수도 있다. 그 장면들이 내 삶에 선명하게 찍혀 있을수록 옅어지기가 쉽지 않다.

나는 그 자리에서 눈을 감았다. 눈을 감아도 그것들은 사라지지 않고 다시 생생하게 떠올랐다. 그때의 사소한 그리움까지 모두 다. 독, 사랑, 그 시절, 상처, 향수. 생생한 기억들은 모두 그 자리에 그대로 있었다.

안녕, 안녕. 나는 그 기억들에 인사를 건넨다. 그런 나를 보고 누군가는 미련하다고 손사래를 치고 또 누군가는 나이에 맞지 않다며 혀를 끌끌 찬다. 나는 그들에게 묻는다. "당신도 그리운 시절이 있지 않느냐고." 하지만 더 말을 잇진 않았다. 분명 어른인 척하지 말라는 잔소리 아닌 잔소리를 들을 게 뻔했으니까.

내가 정확히 오만 이천오백육십 시간을 앓았을 때 그들은 더 이상 내게 손사래를 치지 않았다. 혀를 끌끌 차지도 않았으며 잔소리를 늘어놓지도 않았다. 다만 내가 그만큼의 시간을 앓고 나자 이제 그만 돌아보고 싶었다. 그리움에서 벗어나고 싶었다.

펼치지 못한 새벽에 감히 밑줄을 그을 수 있다면

매듭

우리도 사랑했던 때가 있었죠. 서로의 눈을 쳐다보기만 해도 그 마음이 읽히던 때가 있었죠. 함께한다는 건 그 시간을 같은 시간으로 엮는다는 것. 풀리지 않게 꽉, 매듭지어 두는 것.

하지만 그 매듭도 결국 시간이 흐르면 풀린다는 걸 그때는 몰랐죠. 헐렁하게 묶인 운동화 끈처럼 우리의 관계도 느슨해졌죠. 끈이 풀릴 것처럼 덜렁대는데 모르는 척 넘어갔던 적이 있어요. 끈이 이미 풀렸는데 모르는 척 그냥 걸었던 적도 있고요.

하지만 아무리 모르는 척해도 우리는 알아요. 처음과 다른 우리의 온도, 감각 같은 거 말이에요. 꼭 말로 하지 않아도 직감으로 알 수 있는 거죠. 이렇게 매듭이 헐렁해진 채로 가다 보면 결국 그 풀려버린 끈에 걸려 넘어지게 된다는 것도.

그러니까 사랑을 한다면, 그 사랑을 지켜내고 싶다면 지금 내가 묶은 그 매듭이 느슨해지진 않았는지, 곧 풀리려고 하진 않은지, 단단하게 잘 묶여 있는지 세심하게 살펴줘야 해요. 사랑한다는 건, 아예 매듭이 풀리지 않기를 바라는 게 아니라 헐렁할 때도 그 매듭을 고쳐 맬 줄 아는 것이니까요.

잔향

시간은 겹겹이 쌓이고 쉽게 삼키지 못한 그리움만이 곁을 맴돈다. 쓸쓸히 남겨진 것들은 떠나지 못하고 계속 그 자리에 머물다가 입안에 잔향처럼 남았다. 눈물을 게우고, 쓴 말은 삼켰고, 건네지 못한 미적지근한 인사들이 되풀이된다. 같은 자리를 빙빙 돌며 잔향은 늘 그 끝에서 머물렀다. 앞이 되지 못하고 뒤가 되어, 처음이 되지 못하고 끝이 되어 오래도록 남아 있었다. 영영 매듭지을 수 없는 단상이 되어 우두커니 남아 있었다.

우리도 알았다. 그리움 하나만으로 모든 걸 되돌릴 수는 없다고. 사랑하는 마음 하나로 다시 서로의 손을 붙들 수는 없는 일이라고. 흐르는 눈물을 두어 번 훔쳤다. 아픈 마음에 집을 짓는 것보다 흐르는 눈물에 나도 따라 흐르는 편이 나을 것 같다고 생각하면서. 흐르고, 사라지고, 그 속에 빠져버려도, 당신의 이름 한 번 부를 수 없다는 게, 나를 더 헐벗게 만든다. 사랑에 더 굶주리게 만든다.

　　슬픈 것들은 대체로 아름답다. 까마득한 그리움으로 내 곁에 머물러 있거나 무엇이 되지 못하고 저만치 떠나간대도 슬픔을 슬픔이라 부르는 것, 마지막까지 너를 사랑이라 부르는 것. 이 얼마나 아름다운 일인가.

펼치지 못한 새벽께 감히 밑줄을 그을 수 있다면

순간

멍하게 응시하던 바깥 풍경들이 하나둘씩 저물어가고 지나간 사랑이 떠오르면 나도 모르게 가슴 한구석이 먹먹해진다. 몇 날 며칠을 밤낮없이 헤집던 마음이 유독 심하게 요동친다.

'시간이 지나면 괜찮아지겠지. 시간이 지나면.'

하지만 마음은 생각만큼 잠잠해질 생각을 않는다. 가슴 한구석이 뻥, 뚫린 것처럼 허전하다. 당신도 혼자 길을 걸으면 내가 생각날까. 나를 생각하긴 할까. 꼬리에 꼬리를 물었던 물음은 결국 이런 게 다 무슨 소용일까 하는 생각으로 이어져 마음을 이내 접는다.

외로운 밤공기를 맞으며 추억을 곱씹으면, 아팠던 순간보다 행복했던 순간이 제일 먼저 떠오른다. 매 순간 '함께'라는 이름만으로도 크게 와닿았던 사람. 사랑의 이유를 찾기 전에 사랑한다고 말하던 사람. 사소한 것에도 감사할 줄 알던 사람. 그런 순간을 그저 지나쳐야 한다는 건 나를 속절없이 울음 짓게 했다. 볼 수 없다는 막막함보다 이제 더 이상 그와 추억을 쌓을 수 없다는 게 나를 더 아프게 했다.

추억은 추억하는 것 이외에 다른 무엇이 될 수 있을까.

여전히 제자리다. '눈물 없이도 충분히 아플 수 있구나.' 저물어가는 것들을 곁에 두고 그렇게 맥없이 고꾸라진다.

바람

널다 만 빨래 더미들이 축축하게 남아 있고 본체만체한 양말 꾸러미들이 앞서 걸려 있다. 하고 싶은 것만 하고 살 수는 없을까. 보고 싶은 사람들만 보고 살 수는 없을까. 눈을 뜨면 빨랫감들이 개어져 있고, 설거짓거리가 씻겨 있고, 하고 싶은 일들만 하고, 보고 싶은 사람들이 눈앞에 있었으면 좋겠다.

어쩌면 너무 허무맹랑한 꿈일지 모르지만, 가끔은 그런 생각들이 현실과 엉켜 마음속에 눌어붙기도 하지만, 이런 작은 바람들을 마음속에 품고 살면 미련이 되어 곧 어마어마하게 큰 우울을 낳곤 한다.

나는 살기 위해 참 많은 핑계를 댄다. 내가 하고 싶은 일들을 하지 못하는 이유, 보고 싶은 사람들을 지금 당장 볼 수 없는 이유들을 늘어놓는다. 이렇게라도 하지 않으면 내가 앞으로 걸어 나가지 못할 것만 같다. 무너져 내릴 것만 같다. 그래서 '나는 왜 이렇게 할 수 없을까.'라는 자책보다 할 수 없어도 그로 인해 얻는 것들을 생각한다.

당장은 고통스러워도 이겨낸 자리에서 지금의 나를 바라본다. 지금 당장 만날 수 없어서 애틋한 우리를, 하고 싶은 것들을 할 수 없어서 더 간절한 그 일을, 더 소중한 지금을 본다. 작은 고통일수록 쉽게 퍼져 쉽게 우울하게 만든다. 그렇지만, 더 이상 그것들에 마음을 두지 않으려 한다.

나는 살기 위해 참 많은 핑계를 댄다.

내가 하고 싶은 일들을 하지 못하는 이유

보고 싶은 사람들을 지금 당장 볼 수 없는 이유….

이렇게라도 하지 않으면

내가 앞으로 걸어 나가지 못할 것 같다.

바다를 닮은 너

너는 꼭 바다와 같았다. 그래서 내가 어디쯤 있는지 알려줘야만 했다. 깊은 바다를 헤엄치며 언제쯤 이 바다에 잠길지 생각해야만 했다. 때때로 나는 넘실대던 파도를 견뎌야 했고, 고개를 처박고 두 손을 뻗어도 잡히지 않은 바다를 향해 허우적거려야 했다.

파도 없이 잔잔한 날엔 사랑으로 물든 밤을 지새우기도 했으나, 바다 위로 내리쬐는 태양을 뜨겁게 다 받아야 했고 비가 오면 오는 대로 힘껏 맞아야 했다. 그럴 때마다 바다는 그늘이 되어주지도, 우산이 되어주지도 못했다.

그럼에도 불구하고 나는 자주 물속에 뛰어들었다. 잠겨 죽게 된다 해도 상관없었다. 나는 깊은 바다 속을 깊은 줄도 모르고 계속해서 헤엄쳤고, 언젠가 그 바다가 날 완전히 품어줄 거라 믿었다. 하지만 깊은 바다에서 난 혼자였고, 바다 같던 너도 동이 트면 사라졌다. 더 이상 그 깊은 곳을 헤엄쳐 가야 할 길이, 눈에 밟히던 길이,

　　　없다.

　　　너라는 바다를 헤엄치던 나는 여전히 '사랑' 그 한마디에 숨이 찬다. 그럼에도 바다를 닮은 너에게, 소리쳐도 대답 없던 너에게 말해주고 싶다. 내가 많이 사랑했다고. 잔잔했던 너를, 넘실댔던 너를, 차갑지만 따뜻했던 너를 정말 많이 사랑했다고.

달콤한 시간

달콤한 건 쉽게 사라지지 않아. 혀끝에 머물던 향이 온몸으로 찌릿하게 퍼지지. 그래서였나 봐, 아무리 오랜 시간이 지나도 미련이 남는 이유가. 미련은 늘 가슴 뒤편에 꼬리를 물고, 오늘을 살며 내일을 보지 못하게 했어. 애써 숨을 쉬려 하는 나를 저 벼랑 끝에 세워두고 저울질했지.

도망가고 싶었어. 사람이 사람을 그리워하는 일을 그만두고 싶었어. 삶의 나침반이 반대로 풀어지려 할 때, 나도 모르게 울컥한 것들이 좌우로 사정없이 튀어나왔어. 참, 신기하지. 지나간 시간에도 우리의 여운이 깃들어 있는 게. 시간을 그리워하는지 사람을 그리워하는지도 모른 채 무언가를 자꾸만 기억하게 된다는 게.

사람이 그리운 걸까, 그 시절이 그리운 걸까. 지나간 시간이 아쉬운 걸까, 그때의 내가 아쉬운 걸까. 쌓아가기만 하고 놓는 걸 잘하지 못하는 내가, 어떤 삶을 살아가고 싶은지 확실히 알지는 못하지만 한 가지 확실한 것은, 지금보다 돌아가고 싶은 순간이 있고 간절히 보고 싶은 누군가가 있다는 거야.

얼룩진 추억에도
미련이 붙어산다면

나는 쉽게 무언가를 잊지 못해 하루에도 몇 번씩 뒤돌아보곤 한다. 쉽게 무언가를 버리지 못해 한참을 손에 쥔 채로 어설프게 말이다. 마음만 앞서고 몸은 뒤서거니 하며 어디로 걸어가는지 방향감각도 상실한 채 그렇게 말이다. 살아가는 동안 남겨진 흔적들은 짙어져 버려 이유 없이 나를 외롭게 했다.

대체로 나는 나를 외롭게 하는 것들을 멀리하지 못하는 습관이 있다. 물건이든, 사람이든 어려서부터 무엇이든 쉽게 버리지 못했다. 멀어져야 할 관계도 쉽게 끊어내지 못했다. 쓸데없이 미련이 많아 선물로 받은 포장지 한 장도, 나오지 않는 볼펜과 다 쓴 이면지까지도 정리하지 못했다. 그래서 내 책상에는 늘 필요 없는 물건들로 가득했다. 책상을 보면 사람을 알 수 있다는 말을 어디선가 들은 것 같다. 잡다한 생각들이 내 안에는 차고 넘친다.

군이 하지 않아도 되는 걱정도, 머나먼 곳에서 온 고민들도, 설령 내가 고민할 부분이 아니더라도 힘겹게 짊어지고 산다.

모든 것에 추억이 깃들어 있다고 생각했다. 손때가 묻은 것들을 버리는 순간 더 이상 내 것이 아닌 그리움으로 묻어둬야 한다고, 내 삶의 단편을 속절없이 지워내는 것 같다고 생각했던 것 같다.

나이를 먹을수록 헤어짐이 무섭다. 또 다른 만남을 가지면서 또 다른 헤어짐을 준비하는 그 순간이 너무 두렵다. 그래서 습관이 생겼다. 나를 필요로 하지 않는 것들도 쉽게 놓지 못하고 움켜쥐는 습관.

쉽게 버리지 못한 것들 중에는 얼룩져버린 추억도 있다. 짙어지다 끝내 엷어져 얼룩진 흉터가 되어 그것들은 여전히 남아있다. 나는 이것들을 버려야 했다. 오래 쥐고 있는 것들은 버려야 했다.

쌓아두는 건 부족한 것을 인정하고 싶지 않은 일종의 도피였다. 버리는 게 두렵기도 했으나 무엇이든 쉽게 정을 붙이는 탓에 아쉬움이 컸다. 무언가를 놓지 않으면 무언가를 얻을 수 없다는 걸 알면서도 포기하지 못했다. 어릴 땐 손에 쥐고 있는 것들은 놓치면 안 된다고 배웠다. 손에서 놓으면 더 이상 내 것이 아니라고. 하지만 가끔은 두렵다. 그렇게 내가 쥐고 있는 것들 때문에 더 소중한 것들을 버려야 할까 봐.

애환 哀歡

한 번 앓아눕는 날에는 몸도 마음도 제 뜻대로 되는 게 없습니다. 그런 날은 꼭 마음마저 복잡해, 한바탕 속이 시끄러워집니다. 정신을 차리고 가까스로 고개를 듭니다. 몸을 일으켜 목을 좌우로 흔들어봅니다. 목도 삐걱, 마음도 삐걱, 삐걱대는 소리에 흔들던 목을 멈춥니다. 역시 이마저도 쉽사리 맞춰지지 않습니다.

힘은 들어도 자리를 털고 밖으로 나왔습니다. 찬바람을 들이마시고 입김 한 번 피러 왔더니 정작 숨 한 번 뱉어보지 못하고 한기에 얼어붙습니다. 달빛이 넘실대고 그득한 어둠에 가녀린 마음은 둘 곳이 없습니다. 몇 번을 휩쓸고 간 초여름 장마는 외로이 나를 부르지만 까마득한 그 계절로 돌아가기 싫어 말없이 홀로 앓습니다.

다시 들어와 앉지만 어떤 마음도 곧게 서지 못했습니다.

산더미처럼 쌓인 할 일을 해치울 힘도, 지금 지친 내 기분을 챙길 여력도 없습니다. 몸이 아파 앓아누웠다고 생각했는데, 몸을 일으켜 세워도 자꾸만 고꾸라지려는 걸 보니 마음이 앞서는 병인가 봅니다. 몸이 아니라 마음에 병이 들었나 봅니다. 혼자 울다가 웃다가, 이내 터져버린 울음도, 웃음도 잦아든 밤입니다.

둥근 사람이 되고 싶다

가슴 한편이 허해지면, 묵혀뒀던 것들을 꺼낸다. 작년 이맘때 했던 걱정들, 고민들, 숱하게 적어놓은 공책이 동강 나버린다. 붙여보려고 테이프로 칭칭, 몇 번이나 감았지만 이미 뜯겨버린 종이는 조각조각 날 뿐이다. 잘 살고 싶었는데 오늘도 삶에 빗겨서 버렸다. 걸어가다가 발길을 잘못 틀어버린 탓일까, 모나버린 내가 길목을 서성인다.

둥글게 살고 싶다. 누가 무슨 말을 해도 시원하게 웃어넘기는 둥근 사람이 되고 싶다. 모가 나더라도 한 번 문지르면 다시 둥글어지는 그런 사람. 모나 보이지 않고 둥글둥글, 사람들과 어울리고 싶다. 아직은 모든 게 어색하다. 도망가 버리고 싶을 때도 많지만 이제 더는 물러서지 않을 거다. 내가 깎이고 없어져도 둥근, 사람이 되고 싶다. 한 번쯤은 그렇게 둥글게, 서성거리고 싶다.

펼치지 못한 새벽께 감히 밑줄을 그을 수 있다면

두 계절

계절이 바뀌고 사람들이 제법 가볍게 옷을 입었다. 이맘때면 나는 항상 혼자 날씨를 맞추지 못해 겨울이었다가, 봄이었다가 한다. 꿈틀대던 뼈근함이 온몸을 저릿하게 해 멈춰놓았던 시간들을 정돈하곤 한다. 당신에게 나는 어떤 계절이었을까.

답이 없는 물음에 마음이 차다. 계절 하나 맞추지 못하는 내가, 당신 마음을 다 알려고 하니 처량해질 수밖에. 어려운 질문이 어쩌면 가장 쉬운 질문이었다는 것을 알면서도 나는 당신이라는 계절을 두껍게 입었다가, 가볍게 걸쳤다가 한다. 가끔 마음이 흔들리는 날, 그 마음을 아는 체하며 붉어진 낯에 움켜진 계절을 사랑인 것마냥 끼워 맞췄을 뿐이다. 그 계절의 우리처럼, 우리는 사랑하게 될 거라 믿었다.

회상

사랑하는 건 늘 크게 다가와요. 작은 발걸음으로 총총, 다가가도 크게 느껴져요. 사랑하다가 받는 상처도 크게 느껴져요. 그러나 상처받고 아파하면서도 또다시 사랑을 찾아요. 아파하느라 마음이 딱딱하게 굳어 다시는 사랑할 수 없을 것만 같았는데, 눈 녹듯 풀어진 마음에 살랑살랑 바람이 부는 걸 보면 다시 또 사랑하고 싶은 것 같아요.

사랑받고 싶어요. 더 많이 사랑하고 싶어요.

동상이몽 同床異夢

    원래 사람은 자기와 다른 사람을 사랑한대. 나에게 없는 어떤 점이 좋아서 사랑에 빠진대. 나는 너의 무엇이 좋아서 그토록 널 사랑하게 되었을까. 아마 평범한 하루를 너라는 사람으로 채워가는 게 좋았나 봐. 매일 똑같이 혼자서 잠드는 게 아니라, 네가 들려주는 목소리를 덮고 잠드는 게 좋았나 봐. 네 하루 일과를 들으면서 또 다른 일상을 살아가는 게, 함께 조잘거리는 그 시간이 좋았나 봐.

    조금 흐릿하게 보여. 내 마음도 선명하진 않지만 그래도 네가 좋아. 서운하다고 토라진 마음들은 고개 한 번 흔들면 그만이거든. 참 쉽지. 네가 있는 쪽은 꼭 바람이 불어. 한 번 쳐다보기도 전에 코끝이 아려. 요즘 따라 이유가 붙은 한숨이 잦아. 털어 내버리고 싶을 만큼 붙어 있어.

춥다. 겨울인가 봐. 꽁꽁 얼어붙은 마음이 짓궂게 가라앉은 날, 그날은 더 추웠지. 너를 사랑했던 그 많은 이유들이 서운함으로 덮여버린 날. 하늘에서 떨어져 내리는 빗물보다도 더 서럽게 흘러가 버린 날. 너는 그때나 지금이나 항상 같은 온도에서 나를 사랑하겠지. 같은 계절에서 나를 사랑하겠지.

꺼져버리기 전에 살리는 불씨처럼 난 황홀함에 젖어 높아졌다가 낮아졌다가, 희미해졌다가 선명해졌다가 해. 가까스로 너와 온도를 맞춰보기도 하고 말이야. 자주 하던 일인데 요즘은 조금 어려워.

정리되지 않은 마음에 작별 인사를 하며 입을 삐죽 내밀었어. 너는 그때도 내가 속으로 얼마나 울었는지 알지 못했을 거야. 나는 다만 사랑한다는 말을 듣고 싶었을 뿐인데 너는 내가 울먹거리는 표정을 지으면 늘 미안하다 했어. 내가 좋아하던 네 다정한 목소리로 "죽을 때까지 내 세상에 네가 있었으면 좋겠어." 이 한마디면 될 텐데, 애꿎은 손톱만 물어뜯으며 "미안해."라고 했어.

그게 네 언어의 전부였을까.

나는 너와 함께 할 미래를 그렸고, 너는 지금 이 순간을 사랑하면 되지 않겠냐고 했지. 늘 같은 주제를 놓고 다른 말들만 늘어놓았지. 다가올 너의 세상에 나를 나란히 두고 싶어서 이 끝없는 다툼을 이어나가는지도 모른 채로 말이야.

우리는 같은 꿈을 꾸기 위해 사랑하는 걸까.

다른 꿈조차도 사랑하기 위해 사랑하는 걸까.

서로에게 무엇을 바라기에 이토록 아픈 걸까.

사소한 감정에 토라져 고집부려 미안해. 자꾸 날 세운 말들만 뱉어내서 미안해. 자꾸만 다시 확인하고 싶어져. 우리가 꾸는 꿈이 같은지 아닌지 다르다면 얼마나 다른지.

나도 다만, 사랑받고 싶었나 봐.

파도

얕은 곳에서부터 더 깊은 곳으로 나아가는 저 넓은 항해. 그 위에서 누구보다 절절한 춤을 추고 싶어. 머리를 좌우로 흔들고 눈알을 좌우로 굴려서 내가 사랑하는 것들에게 마지막 안부를 건네고 싶어. 발걸음은 재빠를 때보다 더딜 때가 많고 강할 때보다 약할 때가 많아. 그 나약함을 뭉쳐서 살아가는 한숨의 굴레. 쉽게 달아나기 전에 편지를 쓸게. 마지막 연서를 쓸게. 숱한 밤을 앓아 마침내 내 것이 되는 꿈을 꿀게.

내 것이 되어줘. 내 편이 되어줘. 내 사랑을 받아줘. 깎인 달을 머리맡에 두고 슬픈 꿈을 꿀 땐 빛이 되어줘. 오늘 하루를 밤새 빼곡히 앓아도 서툴 수밖에 없는 건 내 사랑이 거대해서야. 끝도 없이 사랑해서야. 숨 막히게 사랑해도 부디 멀어지지 말아 줘.

흐트러지는 것 따위는 귀퉁이에 접어두고 숨찰 때 가끔은 네게 기대 쉬어가고 싶어. 절절한 마음을 곁에 두고 유한 연기를 들이마시면 아, 이곳은 어둠인가 파랑인가 바다인가 하고 소리 없이 나뒹굴기도 해. 곁을 두고 치는 파도에 몸을 맡겨. 이보다 좋을 수 있을까. 너를 사랑하는 내 마지막 파도. 바다가 뭍이 되면 그 사랑을 멈출게.

펼치지 못한 새벽에 감히 밑줄을 그을 수 있다면

기다림

살면서 가장 지독한 단어였다. 그것은.

그 단어를 마음에 품었을 때 나는 바람에 살짝 스쳐도 따가웠고, 기약 없는 작별처럼 가슴이 아려왔고 향기 없는 장미처럼 메말랐다.

꽃

당신이라는 사람을 그 자체로 사랑하게 되는 건 굳이 어떤 이유를 달지 않고, 무언가를 찾아 헤매지 않아도 이미 꽃 한 송이를 손에 쥔 것처럼 황홀해지곤 하니까.

도피

너는 내가 묻는 말에서 어떤 문장이 중요하고 어떤 부분을 건드려서는 안 되는지 알지 못했다. 어쩌면 너에게는 매일매일 나와의 대화가 숙제였을지도 모른다.

누군가가 머물기를 이토록 간절히 바란 적이 있었던가. 도망치지 않고 말해주기를 이렇게나 기대한 적이 있었던가. 기대한 만큼 네가 안겨준 건 실망감뿐이었다. 어느 순간부터 나는 어떤 것도 네게 기대하지 않았다.

실망하고 포기하던 그 무렵이었겠지. "도망가면 너는 마음이 편하겠지만 나는,"으로 입을 막았다. 더 이상 소용이 없다는 의미기도 했다. 이 모든 말에서 알다시피 도치되는 걸 좋아했다, 나는.

어떤 어순이 도치되든 별 상관없었다. 뭔가 '너는'이라거나

'나는'이라는 말로 맺음을 지으면 마음이 확실해지는 것 같아 괜히 기분이 좋기도 했다. 너는 나를 피해 침묵을 찾았지만 나는 너를 도치시키고 다시 네 앞에 서 있었다.

그래도 사랑했지 우리, 우리가 대화할 때면 매번 도망가던 너를, 소리치던 나를. 사랑하지 않았으면 도치되지도 않았을, 사랑아.

진정한 너를 알게 될 때

사랑하는 이의 진심은 가끔 비수가 되어 내 마음에 꽂힌다. 몰랐던 걸 알게 되어서 그런 걸까. 원래 이렇게 아픈 걸까. 그이의 터져버린 진심을 듣는 일이 이렇게 아픈 일인 줄 진작 알았다면, 나 때문에 참고 상처받아 곪아버렸다고 자기 마음을 내보이는 일이 이렇게 아픈 일인 줄 알았다면, 툭툭 내뱉었던 그 많은 말들을 나는 꿀꺽 삼켜버렸을 텐데.

너는 뱉지도 삼키지도 못한 말 때문에 내 앞에서 울먹이던 때가 있었을 테지. 지금은 무뎌진 건가. 툭, 툭 내뱉던 내 말들이 네 마음 어디에 자리를 잡은 건 아닐까. 난 이제야 너의 그 씁쓸한 입꼬리를 보고야 말았다.

아, 나는 참으로 이기적인 사람이었구나. 그동안 네게 부족한 것 없이 다 내주었다고 생각했는데, 그건 얼마나 보잘것없는

＊

마음이었으며, 또 오만이었을까. 그래놓고 나는 누구를 사랑했다 말할 수 있을까.

너의 얕은 신음을 내 깊은 한숨으로 덮었던 그때의 내가 참, 어리석다. 내 아픔이 너무 커 네 것이 작다고, 그래서 쉽게 지나쳐도 된다고 여겼던 나의 무수한 이기심들을 어떻게 접어가야 할까.

평소와 같은 날이었는데, 너와 나는 아주 많이 달라졌다고 집으로 가는 내내 그 생각이 들었다.

안아줘

"안아줘."

맞아, 네가 즐겨 하던 말이야. 내 상처를 덮으려고, 내 화를
잠재우려고 찾았던 애정 어린 문장. 흔들리는 내 마음을 네가 한
참 끌어안고 있는데, 나는 네 마음이 자꾸만 보였어. 마음은 보이
는 게 아니라던데 말이야.

어쩌면 네게도 흔들리는 내 마음이 이렇듯 쉽게 보였을까.
나는 돌아가는 길에 한참을 생각했어. 우리는 잘 맞는 듯했지만,
결정적인 순간에 서로의 말을 이해하지 못했어. 감정 섞인 대화
만 봐도 그랬어. 누구의 잘못을 떠나서 난 항상 그 '말'에 집착했
고 너는 그 '말'을 피하려고 했으니까.

어두운 침묵이 흐르면, 너는 나와 어둠 속으로 가는 이 시
간이 숨 막히도록 답답해서, 난 그런 네 모습이 숨 막히도록 답답

해서 돌아섰어.

우리가 어색해지는 게 싫어 아무런 말하지 않는다 했지. 한 마디를 덧붙이면 우린 더 멀어져 버릴 거라고. 다투고 싸우는 건 싫다고, 오롯이 예쁜 말만 해주고 싶다고.

나도 너와 다투려던 마음은 없었어. 넌 다툼에는 사랑이 없다고 생각했겠지. 나는 그마저도 사랑이라 생각했어. 너는 침묵으로 상황을 모면했고, 숨 막히는 시간에서 도망쳤어. 그래서였을까. 너는 항상 입을 꾹꾹 다문 채 내가 하는 말을 씹어 삼켰어. 그리고 마지막 말은 늘

"나, 한 번만 안아줘."

나는 또 못 이기는 척 너를 안아줘야 할까.

펼치지 못한 새벽에 감히 밑줄을 그을 수 있다면

인사

바스락거리는 소리에 고개를 들어 하늘을 봤지. 밤하늘을
보며 우리는 짙은 한숨을 뱉었고 우리는 서로가 어떤 생각을 하
는지 모른 채 마른침만 삼켰어. 머릿속에 떠다니는 수많은 말들
이 고요한 하늘을 덮었지. 어쩌면 우리는 훨씬 전부터 서로의 마
음에 먹칠을 하며 이 밤하늘보다 더 어둡게 만들었는지도 몰라.
그래서 멀어짐에 그리 오랜 시간이 걸리지 않은 걸지도 몰라.

같은 계절

나는 우리가 같은 계절을 사랑했다고 줄곧 생각해왔다. 하지만 그 생각이 잘못됐다는 걸 알기까지 그리 오랜 시간이 걸리지 않았다. 엇갈리는 부분이 생겼고 맞지 않은 부분이 많았고 무수히 많은 오해가 쌓였다.

우린 서로를 가장 잘 안다고 생각했지만, 서로를 가장 몰랐고, 서로를 가장 잘 이해한다 했지만 누구보다 이해하지 못했다. 그건 아마 상대가 나를 먼저 알아주고 이해해주길 바라는 마음이 커서였을 거다. 말하지 않으면 모른다는 걸 알면서도 가끔은 말하지 않아도 알아주길 바라면서.

그렇게 사랑하다가 더 이상 내 전부를 털어놓기가 힘이 들어 풀썩 주저앉아버린 난, 더 이상 아무런 말도 하고 싶지 않아졌다. 더 이상 그와 같은 계절을 나기가 어렵겠다고 생각했다.

그리워하다

보고 싶은 것들이 깊어지는 건 그리운 것들의 망상.

가까워질 수도, 그렇다고 더 멀어질 수도 없는 명백한 긴장.

가벼운 목례를 한다.

힘은 잔뜩 들어갔으나 외면을 위한 경례.

그리운 게 많았다는 건 아쉬운 작별이 잦았다는 말일까.

벼랑

마음이 벼랑 끝에 걸렸다.

가파른 언덕 아래로 완전히 떨어지지도,

그렇다고 벼랑 위로 다시 올라올 수도 없는

그 위태롭고 아슬아슬한 벼랑 끝에

한숨을 푹, 내쉬며

내 마음은 계속 그렇게 걸려 있었다.

저녁

이른 저녁, 당신에게 내 기분을 핑계 삼아 투덜댔다. 나도 안다. 핑계라는 걸. 어른이 되고 이유 없이 운다는 건 꽤나 자존심 상하는 일이라서 나는 모든 게 당신의 탓인 양 울었다.

내가 생각해도 참 미련한 일이지. 혼자 마음을 부여잡고 몇 번을 참다가 누군가가 내게 던진 사소한 일을 빌미 삼아 엉엉 울어버리니까. 참지 않았으면 터져버릴 일도 없었을 것을. 당신에게만 미안하게 됐지. 실은 그 모든 건 내 탓인데 말이야.

어둠이 내리고 달은 제 방향대로 기우는데 나 혼자만 내 길을 못 찾고 흔들린다. 남들에게는 잘만 하던 위로가 정작 나한테는 왜 이리 어려운 걸까. 몸도, 마음도 너무 지쳐버릴 만큼 지쳐버려서 고장 나버린 게 아닐까.

맞다. 고장 났다는 말이 정확하다. 그리고 누군가를 핑계

삼아 사소한 원망을 씹어대지만 나도 안다, 실은 그 원망을 쏟아
내고 싶은 건 타인이 아니라 나라는 것을.

행동

생각만으론 행동과 연결되지 않는 삶이 많다. 해보지도 않고 지레 겁먹을 때나 이전의 경험에 빗대어 같은 상황이 반복되고 말 거라는 막연한 확신. 막연해서 더 괴로운, 분명하지만 분명하지 않아서 외롭게 들어찬 것들. 벌어지지도 않은 일에 걱정이나 고민이 앞서 나아갈 일들을 좋은 방향으로 풀어내기보다 그것들이 일종의 숙제가 되어버리는 것. 기대하기보다 기대를 저버리게 되는 것.

좋은 일에는 의심의 의심을 깊게 붙이면서 부정적인 것에는 왜 그렇게 쉽게 고개를 끄덕이게 되는지. 애초에 시작조차 하지 않게 되는지. 두려운 게 그렇게 많아서 도망가다가 영영 나란 존재는 사라질 것만 같다. 옅어질 것만 같다. 두려워 도망치다 주저앉아버릴 것 같다. 밤새 않은 질문들이 끝없이 나열되지만 해결되는 건 없다는 것, 이유는 하나겠지. 어떤 것도 하지 않았으면서 무슨 일이 벌어지기를 혹은 벌어지지 않기를 기대하는 나. 새까맣게 내려앉은 그늘이 되지. 그렇게 늘 무엇도 되지 않고 말지. 불평에 투정을 붙이며 이다지도 못나지곤 하지.

펼치지 못한 새벽게 감히 믿줌을 그을 수 있다면

불안

하염없이 떠다니던 구름이 적막을 가린 밤, 새하얗게 어여 쁘던 네 낯빛에도 그늘이 졌다. 그을린 손가락 사이로 한숨이 빠져나가고 살아야 한다는 변명이 병명처럼 너를 조일 때, 넌 꼼짝없이 질 수밖에 없었겠지. 붙잡을 틈도 없이 흘러내리는 눈물을 뚝뚝 받아 먹으며 슬픔을 오히려 삼켰다.

잡히는 것보다 떠나는 게 많은 인생이라. 곁에 두고 싶었으나 조각조각 빗나간 확신은 영혼을 뒤집어쓰고 숨 가쁘게 걸었다. 최선을 다해 살았으나 한 발자국이 전부였던 구멍 난 열정. 노력이 빛을 발하기보단 노력을 두고 떠나는 일이 다반사였던 끝없는 늪.

그래도 누군가 내게 "잘하고 있어."라는 말을 해줬다면 이유 없이 외로워지진 않았을 텐데. 식은 마음은 영영 데울 수 없이 차가워졌고 하염없이 아팠다. 걸을 때마다 누군가 말해줬으면 했다. 잘하고 있다고, 잘 살고 있다고, 그게 맞다고. 확신에 찬 따뜻한 말들이 그리웠다.

대답해주는 이는 하나 없는데 같은 질문을 잇고 또 잇는다. 지친 하루에 갈 길을 잃었다. 텅 빈 마음이 조급해진다. 불안한 마음은 얼마나 더 품어야 사라지려나. 이유를 붙이지 않아도 묵묵히 살아지려나. 떨어지는 눈물을 억지로 집어넣으려다 한 방울 뚝, 더 이상 감추지 않아도 된다. 먹먹한 어둠은 그마저도 가려줄 테니.

불안해하지 말아. 우린 조금 더디게 걷고 있는 것일 뿐.

헤치지 못한 새벽에 감히 밑줄을 그을 수 있다면

오후 네 시

시간은 멈추는 법을 모른다. 울었다, 그래서. 새벽이 오려면 아직 한참 남았는데, 고작 오후 네 시에 그랬다. 펄럭거리는 코트를 이불 삼아 젖어버렸다. 남 앞에서 운 적도 많았지만, 남몰래 울어야 할 때가 더 많았다. 웃는 날도 많았지만 웃는 척해야 하는 날이 더 많았다.

사람으로 산다는 게 외롭게만 느껴질 때, 모두 잘 살아가는 것 같은데 나만 그 자리에 멈춰 있다고 느낄 때, 그래서 자꾸만 어제로 돌아가고 싶을 때, 세상 모든 걱정을 다 내 탓으로 돌리게 될 때 나는 더 이상 세상에 발걸음을 내딛기가 힘들었다.

나는 스스로를 잘 아는 것처럼 행동했지만 정작 나는 나에 대해 아무것도 몰랐다. 내가 지금 얼마나 외로운지, 얼마나 불안한지. 남들의 마음을 헤아리기 바빴지 내 마음이 어떤지에는 관

펼치지 못한 새벽에 감히 밑줄을 그을 수 있다면

심이 없었다.

숨길 수 없는 울음은 대개 웃음보다도 참기가 힘들다. 기울어진 과녁판에 또 한 번의 활시위를 당겨보다가 튕겨 나가는 건 또 나 혼자만의 일인 것 같아서 욱여넣다가, 되새김질하다가 마지막으로 둔 시선에는 꼭 외롭게 우는 내 모습이 남아 있었다.

고작 오후 네 시에 그랬다. 아직 웃는 척할 시간들이 더 남았는데, 힘들지 않은 척, 괜찮은 척해야 하는데 새벽은 오지 않고 눈꺼풀에 덕지덕지 붙은 설움이 그칠 줄 모르고 씻겨 내려갔다. 고작 나 하나 슬픔을 꾹꾹 삼킨다고 세상은 알아주지 않았다. 흘러가는 시간은 좀처럼 나를 기다려주지 않았다. 조금만 천천히 가면 안 되겠냐고 옷자락 잡고 매달려도 시간은 들은 체도 하지 않았다. 시간은 누구에게나 공평하게 흐를 뿐이었다.

꾹꾹 참기만 하면 상처가 곪아 손 한 번 써보지 못하고 떨어져 나갈지 모른다. 지금까지 참았던 설움들이 쏟아졌다. 다만 나는 지금 이 순간에 멈춰 무얼 보고 있어야 하는가. 시간을 멈출 만큼 나는 얼마나 나의 삶을 사랑하는가. 또 어떻게 살아가는가. 지금 나는 왜 울고 있는가.

이 말을 하려는데, 하늘이 무너졌다. 말하지 못해 욱여 두었던 핑계들만 쏟아졌다. 아직 밤이 찾아오지도 않았는데, 고작 오후 네 시에 그랬다.

————————— ✳

계절

백색소음이 가시 돋친 듯 울려 퍼지고
굵은 글자들이 서걱서걱 길을 걸었다.
나는 모든 수식어에 당신을 넣었다.
이따금 당신의 흔적을 따라간 날에는
왈칵 젖어버렸다.
삼킬 틈도 없이 젖어버렸다.

그리움의 미학

목 빠지게 기다리던
당신을 두고
눈물을
머리맡에 흘린다.

사랑도 그만두었다 했는데
눈물은 멈출 새가 없다.

한 움큼 훔친 눈물 자국을
양손을 비틀어 쥐어짰다.

뚝뚝 떨어졌다.

뚝,
뚝.

굳게 닫은 문을 비집고 바람이 새어 들어오고
당신도 내 마음에 새어 들어온다.

잊은 줄 알았더니
어느새 들어와 찬 기운을 내뿜는다.

뻥 뚫린 것처럼
가슴 한편이 허하다.

당신이 또 머릿속을 뒤죽박죽 헤집고 가는 바람에
온전히 너의 색으로 뒤덮여 있다.
잊지도 못하게 꼭꼭 칠해져
나의 색은 마지못해 옅다.

chapter 2

언젠가 사무치게
그리워질 오늘에게

오늘의 내가 저 아래로 곤두박질치게 돼도
땅을 짚고 일어설 때 우리는 더 나은 내일을 만납니다.
우리는 내일이 되어서야 지나간 오늘을 사랑하게 되겠지요.

세상 모든 혼자를 위하여

봄이라 하기에는 너무 늦고 여름이라 하기에는 너무 이른 그해 5월, 처음으로 '독립'이라는 걸 했다. 날은 여전히 더웠지만 '이제부터 내 인생을 살아야지.' 하는 확신이 생겼다.

독립하기 전 주변에서 "어차피 지금까지 다른 사람과 살아온 거, 조금만 더 버텨봐."라는 말들을 했지만 내 공간이 필요했다. 혼자서도 잘 보내는 시간들을 나의 손때 묻은 공간에서 보내고 싶었다. 그러려면 나는 혼자여야 했다.

사람들과 함께 있을 땐 글을 쓰는 시간이 적었고, 글로 풀어내는 시간보다 말로 털어내는 시간들이 많았다. 말로 털어내고 나면 따라오는 허전함이 꽤나 어색했다. 마음속에 혼자 담고 있을 때보다 털어내고 난 뒤 느껴지는 공허함이 그다지 좋지도 않았다. '혼자만의 시간을 갖는 걸 힘들어하는 사람들은 얼마나 외롭고 불안할까.' 그런 생각을 자주 하고는 했다.

나의 손때 묻은 짐들을 한 움큼 쥐고 여기저기 펼쳐놓았다. 옷가지들을 정리하고 머리맡에 책을 두는 일도 잊지 않았다. 이사 온 첫날, 가족들과 함께 짐을 정리할 때는 몰랐는데 가족들이 떠나고 어둠이 내리자 허전함이 찾아왔다.

그때 또 하나 알았다. '나는 낯선 환경에 놓이면 정말 외로워하는구나.' 혼자가 되고 싶어 떠난 내가, 혼자가 된 집에서 가장 처음 한 일은 우는 일이었다. 학창시절 전학을 갔을 때도, 새로운 학년이 될 때도, 고향인 대구를 떠나 전라도에서 살게 됐을 때도, 집을 떠나 기숙사에 처음 들어간 날도, 그리고 처음 혼자 살게 된 날도, 난 늘 처음이면 그렇게 울었다. 마치 그래야 하는 사람처럼.

낯선 것들이 무서웠다. 눈물이 많은 나는 익숙한 것이 낯설어질 때면 꼭 어미 잃은 새끼 강아지처럼 울었다. 그렇게 울다가, 슬프게 울다가 그 생활이 익숙해지면 다시 웃었다. 지금 이 순간이 가장 행복한 사람처럼.

나는 내 감정에 솔직한 사람이어서, 힘들 때 웃는 법을 모른다. 울고 싶을 때 참는 법을 모른다. 어릴 때나, 지금이나 여전히 그렇다. 울고 싶은 날이면, 익숙했던 것들이 낯설어지는 그런 날이면 내가 사랑하는 것들, 미워하는 것들, 나를 힘들게 하는 것들을 모두 등지고 펑펑, 터뜨린다. 생각해보면 마음속의 말들을 표현하는 것도 혼자여서 가능한 일이었다. 누군가와 함께 살 땐 그런 단순한 감정 표현조차 감추기 일쑤였으니까.

나는 뭐든 다 잘해낼 수 있는 사람이라 생각했는데, 꽤나 독립적인 인간이라 생각했는데 혼자 살아가는 건 만만치 않았다. 혼자 살다 보면 내가 스스로 하지 못하는 일들이 많음을 알게 된다. 나도 모르는 사이에 누군가에게 얼마나 많이 의존하며 살아왔는지 생각해보게 된다.

이것저것 고치지 못한 것들은 하염없이 그 자리에 쌓이고, 잡지 못한 벌레가 다음 날이면 더 많은 알을 까기도 하는, 사소하지만 쉽지 않은 일들이 참 많다.

끝끝내 내가 하지 않으면 모든 건 멈춰버린다. 시간이 흐른다고 해도 바뀌는 건 없고 여전한 것들만 남아 있다. 이리저리 뒹구는 먼지들도, 매일 모아도 모아지지 않는 머리카락들도 내가 관심을 주지 않으면 그 자리에 계속 남아 있었다. 나는 나 이외에도 모든 물건의 주인이 되어야만 했다. 책임을 져야만 했다.

그러나 이것저것 관심을 주기에 벅찬 날에는, 모든 걸 내려놓고 모르는 척했다. 내 감정들을 종이에 적거나 글자를 읽거나 나와는 상관없는 행동을 했다. 내가 아무것도 하지 않아도 자연스레 내비쳐지는 일을 했다.

누군가와 함께 살 땐 단순히 혼자만의 시간을 갖고 싶다는 생각뿐이었다. 조금은 준비되지 않아도, 조금은 더 널브러져 있어도, 타인의 눈치를 보지 않아도 될 만큼의 자유가 필요했다. 그렇지만 혼자 살다 보면 낯설고 어색한 일들이 훨씬 많다. 지금도 여전히 그 자유가 낯설긴 하지만 혼자서 해결해야 하는 일들이 늘어나고, 아파도 혼자서 이겨내야 하는 일들이 많아지면서 조금씩 그 낯선 것들에 적응하고 있다.

해야 하는 일이 두 배는 늘어났지만 하나하나 순서를 정해 가며 할 수 있는 범위 내에서 찬찬히 해나가고 있다. '내'가 아닌 다른 누군가의 역할을 하다가 나로 다시 돌아가는 건 연해진 내가 진해지는 느낌이 든다. 약해진 내가 조금 더 단단해지는 것도 같다.

네 번째 계절이 바뀌고 나는 나름 열심히 살고 있고, 잘 살아가고 있다. 어쩌면 누군가와 함께 살았던 그때보다 더. 그래서 함께 살았던 그 누군가에게 미안해질 만큼, 잘 살고 있다. 잘, 살아가려 하고 있다.

살고 싶은 순간

우리는 가끔 혼자 있고 싶지만
혼자 있으면서도 함께 있고 싶다고 하고
줄곧 살아 있으면서도
살고 싶다고 여기지 않나.

우리는 또 갈망하는 내일을 꿈꾸지만

택배가 왔다. 네 시간 남짓 고민하고 고른 끝에 물건을 샀다. 입금까지 마쳤다. 택배를 기다리는 시간은 설레고 들뜬다. 택배기사 아저씨는 연락도 없는데 자꾸만 송장번호를 쳐본다. 그만큼 기다려진다는 의미겠지.

택배가 왔다. 집 앞에 두고 가라고 말하지 않았는데도 상자가 바닥에 덩그러니 놓여 있었다. 나는 단번에 그것이 내 것임을 알 수 있었다. 풀어보기 전까지는 모두가 그럴 테지만, 그 시간만을 고대하고 기대하게 된다.

그러나 기대하면 가장 먼저 뒤따라오는 감정은 실망이다. 아무리 좋은 물건을 시키고 아무리 비싼 물건을 사도 사기 전과 기다릴 때의 설렘만큼은 못하다.

쉬는 날도 마찬가지다. 휴일이 길면 그날만 손꼽아 기다린다. 여행 계획도 세우고 그날을 기다리는 순간이 참 즐겁다. 하지만 막상 그날이 되면 기다린 만큼의 행복은 찾아오지 않는다. 오히려 기다릴 때의 즐거움은 저만큼 빠르게 지나갈 뿐이지.

내가 기다리는 시간은 늦게 오고 내가 사랑하는 시간들은 빨리 지나간다. 그래도 우리는 그 설렘을 느끼려고 기다리는 일을 반복한다.

나는 내일이 지나면 휴가다. 자유의 몸. 그 시간만 바라보고 죽어라 일하지만, 막상 그 시간이 되면 별거 없다. 지나가고 나면 아쉬움만 남을 뿐이다. 삶은 어쩌면 그렇게 기대와 실망을 무수히 반복하며 살아가는 게 아닐까.

기대와 실망이 계속 반복되겠지만 그럼에도 기다릴 수밖에 없는 이유는, 그것이 작은 행복을 가져다주기 때문이다. 간절히 기다린 것들이 찾아올수록 우리는 그것을 행복이라 여길 테니까.

또 택배가 왔다. 우리는 더 나은 내일을 갈구하며 깊은 꿈을 꾸지만 정작 만나는 건 내일보다 얕은 오늘이다. 지금 당장은 행복한 순간보다 길게 늘어뜨린 기다림의 시간이 더 많겠지만 그럼에도 우리는 살아간다. 다가올 내일을 기다리며. 숨이 막힐 듯 지치고, 턱 끝까지 숨이 차올라도 내일이 아닌 오늘을 살아야 하는 이유다.

매일을 택배 받는 기분으로 살아가자. 휴일을 기다리는 마음으로 살자. 기다리는 즐거움만큼 행복해질 내일을 꿈꾸며 오늘을 살아가자.

기다림은 길다. "기다릴수록 길다."라는 말이 더 어울리겠다. 그러나 기다린 시간만큼 분명 그때의 마음들도 소중한 것들이다.

나의 이야기

　자전거 타는 법을 처음 배울 때에는 비틀거리다 한 번쯤은 넘어져야 하고 중심을 잡을 때까지 부서져야만 한다. 그래서 자전거 한 대를 타는 일에도 제법 용기가 필요하다. 내가 그 바람을 맞으려면, 중심을 잡으려면, 손잡이를 놓고서도 달릴 수 있으려면.

　마냥 걱정이 많은 나는, 자전거 타는 일만이 아니라 어떤 일을 할 때도 늘 용기가 부족했다. 뭔가를 책임지는 일에 약했다.

　쉬는 날엔 무조건 집에 틀어박혀 쉬어야 한다던 나는 집 밖으로 나왔다. 언젠가부터 밝은 날은 햇빛을 보는 병에 걸렸다. 이건 아마 일을 시작하고서부터라지.

　몇 년간 묵혀둔 자전거도 꺼냈다. 깨끗한 물티슈 다섯 장이 순식간에 까맣게 변했다. 내 허리춤보다 높은 자전거 안장을 내리려다 그만두었다. 언젠가부터 안 되는 일에는 나를 맞추는 버릇이 생겼다. 이것도 일을 하고서부터라지.

자전거를 타고 공원을 세 바퀴, 동네를 네 바퀴 돌았다. 다리가 저려 걷지 못할 만큼. 하지만 이 시간이 너무 좋았다. 바람에 몸을 맡기고 페달을 힘껏 밟을 때 들어가는 힘이 좋았다. 오로지 내가 나에게 주는 이 편안함이, 자전거를 타고 달릴 때 느껴지는 시원함이 좋았다.

자전거를 세워두고 주변을 한참이나 둘러보는데 그렇게 여유로운 내가 좋았다. 정신없이 뛰고, 시간에 쫓기고, 허둥지둥대던 평소의 내가 아니어서 좋았다. 내일이면 이런 여유로운 나는 사라질 테지. 온전한 내가 아닌, 남을 위한 나만 남겠지.

나는 늘 하고 싶은 것도 많고 갖고 싶은 것도 넘쳤지만 걱정도 많았다. 그 걱정의 틈에 끼어 정작 아무것도 하지 못했다. 동생에게는 용돈을 쥐어주던 내가, 부모님 선물에는 돈을 아끼지 않는 내가 꼭 내 것을 가지려는 데엔 많은 시간이 들었다. 후회 없는 삶을 살고 싶어서 후회 없을 만큼 생각했다. 후회 없이 살아야지 다짐했는데 그 생각에 갇혀 또다시 후회가 남았다.

지금 이 순간에 갇혀, 앞으로 후회할 일들을 만들지 말아야지. 내일 하루도 남들을 위해서가 아니라 나를 지키기 위해서 반드시 힘내야지. 나를 위하는 일에는 망설이지 말고, 조금 더 용기를 내야지. 자전거를 처음 배우던 날의 나처럼.

빨래

　빨래를 해야겠다고 생각한 건 수건이 없어서였다. 해가 이미 까마득히 저버린 깊은 새벽 무렵이었다. 내가 얼마나 바쁘게 살았는지를 알려면 빨랫감을 확인하는 일만큼 적절하게 와닿는 것도 없다.

　빨래를 하려고 마음먹은 날엔 이상하게 꼭 비가 온다. 날이 우중충하거나 습도가 높거나 내 행동이 굼뜨거나. 그날도 비가 제법 올 것 같은 날씨였다. 날이 꾸물꾸물한 게 금방이라도 쏟아질 것만 같았다.

　모두가 잠든 새벽녘, 온갖 걱정거리들을 차곡차곡 쌓아두다가 자리에서 일어섰다. 방 안에는 째깍거리는 시계만 울고 아침부터 꾸물거리던 나는 날씨 탓을 하며 더 이상은 빨래를 미룰 수가 없었다.

울먹이는 하늘을 뒤로하고 나는 빨래를 하기로 했다. 옷가지들을 정돈하고 빨지 않아도 될 법한 것들도 한곳에 모았다.

제법 양이 되는 빨랫감을 안아 들고 기숙사 세탁실로 향했다. 분명 빨래는 기계가 다 한다. 참 좋은 세상이지. 그런데도 어렵게 느껴진다. 빨래를 하겠다는 마음을 먹는 게, 모아둔 빨랫감을 짊어지고 11층에서 2층까지 내려간다는 게.

세탁실에 들어서자 사방에 놓인 세탁기가 나를 에워싼다. 나는 익숙한 듯 가장 구석진 자리의 세탁기 앞으로 가 전원을 누른다. 그 세탁기는 구석진 자리에 있어서 사람들이 몇 번 써보지 않았을 것 같아서다.

한 시간. 그 한 시간을 기다리라는 말이 꽤 멀게 느껴진다. 빨래를 하는 동안은 몸이 굼뜨지만 마음만큼은 헛헛하지 않다. 며칠 동안 해야 할 일을 미루고 미루다 마무리한 느낌이랄까.

빨래가 다 되었다.

미뤘던 시간들을 이제는 그만 다 개어야지.

낭만이 동심에게

어릴 때 나는 겁이 많고 소심한 아이였다. 엄마 없이는 어딘가를 가는 게 무서웠고 엄마와 떨어지면 늘 울었다. 아빠가 늘 "엄마 딱풀이네, 딱풀."이라는 말을 즐겨할 정도로 엄마 곁을 떠나본 적이 없었다. 지금도 겁이 많은 건 여전하지만 소심한 성격을 적극적으로 바꾸는 데 참 많은 시간이 필요했다. 수많은 사람들을 만나고 숱한 관계에 구르고 구르다 보니 덩달아 성격도 둥글어졌다.

부모님은 내가 크면서까지 "공부 좀 해라.", "커서 뭐가 될래?"와 같은 잔소리 한 번을 하지 않으셨다. 돈을 많이 벌든 적게 벌든 이루고 싶은 꿈이 있다면 그 꿈을 전적으로 응원해주셨다. 억압이나 구속과 같은 일은 없었고, 늘 자유롭게 살게 해주셨다. 하지만 그렇기에 점점 더 자유롭기가 어려웠다. 나는 부모님이 말한 틀에서 크게 벗어난 적도 없었지만, 벗어나기가 싫었다. 부모님에 의한 타의적 억압이 아니라 내가 자처한 자의적 억압이었다. 사람은 꼭 반대로 하고 싶어 하는 성향이 있어, 그것이 내게 답답한 그늘이었다면 진작 벗어났을 것이다. 부모님은 늘 올곧은 분이셨기에 나는 그분들을 실망시키고 싶지 않았다.

　　말을 않고 가만히 있으면, 나를 잘 모르는 사람들은 모두 나를 조용하고 차분한 성격으로 본다. 그래서 정적인 운동이나 놀이를 좋아할 거라고 생각하는 데 사실 그렇지도 않다. 사실 언젠가부터 성격이 크게 변했다. 어릴 땐 남들에게 싫은 소리를 한 번 못 내고, 미운 털 박히는 걸 못 견뎌 하는 성격에 남들을 무조건 이해하고 그들에게 나를 맞추려고 했다. 그게 편했고 사실 말을 할 자신이나 용기도 없었다. 하지만 모든 걸 이해하고 맞춰주다 보면 손해를 보는 건 나뿐이었고, 상대는 고마워하지도 않았으며 오히려 당연하게 여겼다.

　　엄마는 본인이 어린 시절의 추억이 많아서 우리에게도 그런 추억을 많이 만들어주고 싶었다고 했다. 그래서 지금도 남들과는 다른 그런 동심을 갖고 사시는 것 같았다. 엄마의 영향이었는지 어릴 때는 산이며 들이며 뛰어다니며 친구들과 어울려 노는 걸 즐겼고, 지금은 그렇게 뛰어다니며 놀아줄 친구가 없어서 하지 못하지만, 마음은 늘 그때처럼 아무 생각 없이 뛰어놀고 싶다. 머리와 몸만 자랐지 어린 시절이 행복했던 건 여전했다. 변한 건 내 마음을 뺀 나머지 것들이었다.

어릴 때의 동심은 커서 낭만이 되었다. 순수한 마음에는 종종 거짓이 끼기도 하고, 사람을 쉽게 믿지 못하게 되면서 '동심'이라는 단어는 흐트러지기 바빴지만 '낭만'이라는 단어로 살아가게 했다. 동심은 잃어도, 낭만만큼은 결코 잃기 싫었다.

다정한 것들에게 보내는 인사 같은 것들. 매서운 겨울바람이 가고 따스한 봄이 오면 당장이라도 그 풍경 속으로 뛰어들고 싶어지는 것, 추적추적 비가 오는 밤이면 고독한 노래를 틀어두고 잔잔한 생각에 잠기는 것, 일이 없는 토요일 오후에는 감성을 적실 영화 한 편 보는 것. 아무리 바쁘게 살아도 한 번씩은 지키고 싶은 나 혼자만의 약속이기도 했다. 어릴 때 부모님은 공부에 대해 억압하는 게 아니라 동심을 심어주셨고 이는 크면서 내가 지켜나가는 하나의 낭만으로 변했다.

이제는 처음 보는 낯선 사람에게도 쉽게 말을 걸 수 있게 되고, 어색한 분위기 정도는 띄울 수 있게 됐다. 옳지 않은 걸 옳다고 하고 싫은 걸 싫다고 말할 수 있게 됐다. 성격이 바뀌게 되면서 참 많은 것들이 변했다. 주변에서 나를 대하는 태도, 생각, 그리고 내가 삶을 받아들이는 자세까지도.

나는 이 모든 게 동심이 만들어준 변화라고 생각한다. 어려서부터 갖고 있던 동심, 그리고 지금의 낭만까지도. 매일 꿈을 품고, 꿈을 꾸고, 내가 살고 싶은 낭만을 그리면서 나는 조금 더 자신감이 생겼다. 힘든 순간에도 끊임없이 그 낭만을 그리다 보면 크게 변하지는 않아도 분명 조금씩 변한다.

　나는 앞으로도 계속 꿈을 꿀 거다. 카페에 가서 글을 쓰고, 한 달에 한 번은 꼭 자전거를 타고 긴 산책길을 달리고, 서점에 들러 책 한 권을 사고, 혼자 산책을 하며 즐기는 사색 혹은 낭만. 내 삶의 전부인 것들. 그것들을 할 때 내가 정말 내가 되는 것 같다. 나를 더 사랑하게 되는 것도 같다. 내 속에 낭만이 져버리기 전까지는 아마도, 오래도록 그럴 거다. 이젠 너무도 커버린 동심이 낭만에게 묻는다.

　너의 동심은 아직도 여전하냐고.

겸손

그때는 몰랐던 것들이 이제야 드러납니다. 이전의 나는, 파도보다 높게 살고 싶었습니다. 내가 낮아지거나 얕아지는 걸 두려워했습니다. 세상에 나오기 전까지는 어떤 고난도 헤쳐나갈 수 있을 거라 생각했습니다. 하지만 살다 보니 나보다 높은 것들은 참 많고 내가 낮아져야만 하는 일들은 더더욱 많았습니다. 나의 의지와는 상관없이 허리를 펴고 싶을 때도 굽혀야 할 때가 있었고, 내 주장을 펼치기보다 접어야 할 때가 있었습니다. 가끔은 세상을 바꾸는 것보다 나 하나 바뀌는 게 쉽다는 생각이 듭니다. 낮아지는 게 괴롭다고, 작아지는 내 모습이 싫어진다고 내가 사는 세상을 원망하는 게 아니라 내 마음을 바로잡는 게 더 낫다는 생각이 듭니다.

낮아지는 일이 부끄러운 것만은 아니라는 걸 느낍니다. 나를 낮추는 일이 작아지는 게 아니라는 걸 알게 됩니다. 몸을 낮춰야만 볼 수 있는 세상이 있습니다. 작아지지 않고는 이해할 수 없는 또 다른 세상이 있습니다. 더 나은 내가 되기 위해서, 더 멋진 내가 되기 위해서 굽히는 허리와 접는 주장은 내 삶에서 그 세상을 이해하게 되는 또 다른 밑거름이 되겠지요.

세상에는 내가 되지 못하고 작아진 순간들이 참 많지만 그럼에도 나답게 사는 게 가장 중요하다는 걸 잊어서는 안 됩니다. 누군가 나를 낮추고, 책임질 수 없는 상황들이 나를 짓눌러도 나는 내 방식대로 꿋꿋하게 일어서야 합니다. 평정심을 잃지 않고 온전한 나로 살 때 나는 가장 빛이 납니다. 오늘의 내가 저 아래로 곤두박질치더라도 다시 땅을 짚고 일어설 때 우리는 더 나은 내일을 만납니다. 어제와 오늘이 의연하게 맞물릴 때 비로소 어제의 수고로움을 감수할 수 있을 테니까요.

우리는 내일이 되어서야 지나간 오늘을 사랑하게 되겠지요. 오늘은 알지 못하는 것들이 많습니다. 하지만 그럼에도 오늘을 잊지 말아야겠습니다.

매 순간 행복하고 싶은 마음

한 해가 너무 고통스러울 정도로 힘들어서 '다가올 한 해는 그보단 덜하겠지.' 하는 마음으로 살아간다. 어떻게 보면 좋은 일이고 또 어떻게 보면 안타까운 일이지. 나는 힘들었던 만큼 단단해졌을까. 강해졌을까. 시간이 지나면 그 모든 게 '겨우 그까짓 것'이 되어 아무렇지 않게 웃을 수 있을까.

이제 그 힘든 시간들에 낀 안개가 차츰 걷힌다. 이상하게도 죽을 만큼 힘들었던 시간도 지나고 보면 '아, 정말 힘들었었지.' 하고 넘기게 되고 '그래도 그때가 있어서 지금의 내가 있지.' 생각하며 다시 시작하게 된다. 어떤 관점에서 보면 세상은 참 공평하다는 게 맞는 것 같기도 하다. 하나를 얻으면 하나를 잃고, 하나를 잃는다고 또 모든 걸 잃은 건 아닌 것 같다.

어릴 땐 그게 무엇이 되었든 그 하나를 잃는 게 싫어서, 뺏

기기 싫어서 두 손에 꽉 쥐고 있었다. 그때는 책임져야 하는 일이 지금보다는 훨씬 더 적었을 텐데 왜 그렇게 잃는 것을 두려워했을까.

점점 나이는 먹지만 여전히 약하고 쉽게 상처를 받는다. 하지만 이제는 두 손에 꼭 쥐면 잃지 않을 거란 생각이 사라졌고, 조금은 느슨히 살아가고 싶다는 생각이 든다. 완벽하게 행복하면 좋을 테고, 완벽하게 살아가면 분명 더 좋을 테지만 너무 많은 것들을 손에 쥐고서 괴롭다면, 나는 그 인생이 결코 행복하지 않을 것 같다.

괴로운 그 순간에도 이겨내려는 나를 보면 완벽하지 않아도 다만 좋다. 마음에는 조금씩 때가 묻을지언정 나도 모르게 스며드는 마음들이 두텁다. 이 순간을 놓친다고 해서 나의 행복을 놓치는 건 아니라는 걸 알고 시간이 지나면 마음에 묻은 때도 조금씩 덜어진다는 것을 안다. 모조리 좋지 않을 수도 없고 모조리 좋을 수도 없다. 마음을 비워둘수록 그곳엔 더 많은 것들이 채워진다.

지금 당장 숨 막히게 괴롭고 힘들면 괜찮아지는 날이 오지 않을 것 같겠지만 결국 그 시간은 오고, 또 결국 그 시간은 간다.

슬플 때 슬퍼할 줄 아는 훈련을 해야 한다. 인생이 무너질 듯 슬퍼해도 된다. 세상이 떠내려갈 듯 아파해도 된다. '시간이 약'이라는 말을 별로 좋아하는 편이 아니지만 그건 분명한 사실이고 또 나를 이겨내게 하는 말이기도 하다. 힘든 순간은 반드시 온다. 하지만 반드시 간다. 오래 머물다갈지 적당히 머물다갈지 그 차이만 있을 뿐.

그러니 마음껏 아파하고 울자. 울만큼 울고 아플 만큼 아파하자. 감당할 수 없을 만큼의 울음을 왈칵 뱉어내자. 내가 여전히 나를 사랑하고 있다면 아픈 순간도 금방 지나갈 거다. 무작정 행복을 바라기 전에 매 순간마다 행복을 찾자. 멀리 볼 것 없다. 그저 내 자리에서 아픔을 이기고 행복을 끌어안는 딱 그 정도만 하자. 오늘이 아팠으면 다가오는 오늘은 덜 아플 거다. 그러니 매 순간 행복해지자, 우리.

힘든 시간들에 낀 안개가 차츰 걷힌다.
이상하게도 죽을 만큼 힘들었던 시간도
지나고 보면 '아, 정말 힘들었었지.' 하고 넘기게 되고
'그래도 그때가 있어서 지금의 내가 있지.'
생각하며 다시 시작하게 된다.
오늘이 아팠으면 다가오는 오늘은 덜 아플 거다.
그러니 매 순간 행복해지자, 우리.

엄마에게

얼굴 본 지 하루도 채 지나지 않았는데 먹먹하고 뭉클해. 엄마, 왜 나는 몰랐지? 떨어져서 산다는 게 이렇게 보고 싶은 일이라는 걸. 간절해지는 일이라는 걸. 그리고 나보다 훨씬 더 엄마가 내 걱정을 많이 한다는 걸.

엄마, 엄마가 내 생일에 써준 편지를 읽다가 이 부분에서 울었어. "엄마를 엄마로 만들어준 소중한 딸"이라는 말. 매일 편지나 글을 쓸 때 "나이가 드니까 문장이 생각이 안 나. 어떻게 써야 하는지를 모르겠어."라던 엄마가 단 몇 줄을 쓰기 위해 얼마나 고민했을까. 나는 뭐하나 잘한 것도 없고 엄마가 준 사랑만큼 주지도 못한 못난 딸인데 엄마는 자꾸만 나를 가장 예쁜 딸로 만들어. 그래서 참 아프다. 더 좋은 딸이 되고 싶은데 그러지 못해서.

엄마, 엄마는 내가 힘들어하면 더 많이 힘들어하더라. 아무도 나 대신 아파해주지는 않는데 엄마는 나보다 더 많이 울어주더라. 엄마, 내가 전화해서 힘들다는 이유로 끊어버리고 투정 부리고 엄마 마음 아프게 해서 미안해.

엄마, 엄마 딸로 태어난 게 나는 세상에서 가장 큰 축복이라 생각해. 다른 어디에도 엄마보다 나를 더 사랑해주는 사람은 없더라. 나는 매일 "이제 어른이니까 신경 쓰지 마."라고 하는데, 그 마음 이해 못하고 자꾸 신경질만 부려서 미안해. 엄마, 아직 하루도 안 지났는데 보고 싶네. 그냥 먹기 싫은 콩도 꼭꼭 씹어 먹고 차려준 음식들도 맛있다고 한마디만 해줄걸. 그게 뭐가 그렇게 어렵다고 "맛있어.", "고마워." 그 한마디를 해주지 못했을까. 엄마가 해주는 게 당연한 게 아닌데 나는 엄마한테 너무 많은 사랑을 받고 살았나 봐. 참 복에 겨웠지. 그냥 엄마가 쓴 이 한마디가 먹먹해.

엄마, 내가 더 잘할게. 내가 더 힘내서 엄마 마음 아프지 않게 잘할게. 이렇게 말하고도 또 며칠 뒤에는 힘들다고 엄마한테 전화해서 투정 부릴 게 분명하지만 그래도 엄마, 나를 있는 그대로 받아줘서 고마워. 이유 없이 그저 사랑해줘서 고마워. 나는 참 사랑을 많이 받은 사람이야. 그래서 참 감사해. 엄마 앞으로는 내가 더 많이 엄마를 사랑할게. 엄마는 내 삶의 이유고 존재의 가치를 알게 해준 사람이야. 영원한 내 편이고.

아프지 말고 우리 오래오래 행복하자.

8월 17일

일 년에 단 한 번, 내가 태어난 날에는 누군가에게 사랑을 받고 있다는 걸 특히나 실감합니다. 괴롭고 힘들더라도 이 하루만큼은 웃을 수 있습니다. 작은 것에도 마냥 해맑았던 순수한 시절을 떠올리게 됩니다.

고마운 사람들이 너무 많습니다. 하나하나 따지기도 어려울 만큼 고마운 사람들이요. 그들이 보낸 마음들을 보면 가슴이 먹먹합니다. 거짓 하나 없이 멋쩍게 생일이라는 이유만으로 나를 사랑한다 말하다니요. 평소에는 하지 못한 말들이 줄줄 흘러나옵니다. 평소와 다름없는 날인데 말이죠.

여러 사람이 왔다 갑니다. 활짝 열어둔 문을 살며시 열고 들어온 사람들이 있습니다. 그리고 다시 오겠다며 문을 열어둔 채 돌아간 사람들도 있습니다. 몇 년간 문을 열고 들어왔으나 올

해는 찾아오지 않은 사람들도 있습니다. 나를 매번 찾아준 관계가 있는가 하면 어느 순간 멀어진 관계도 있습니다.

시간이 지날수록 '축하한다'는 이 한마디가 꽤 서글프게 들립니다. 매년 오랫동안 들어온 말이지만 들을 때마다 다르게 요동칩니다. 어떤 사람들이 내 곁에 남아 있고 나는 또 누구의 곁에 남아 있는지를 생각해보게 됩니다. 그 어떤 형태의 표현이든 여전히 나를 찾아준 사람들에게 고맙고, 고맙고, 또 고맙습니다.

사랑하는 내 사람들아. 우리, 오랫동안 사랑을 해요. 아프지 말고 슬프지 말고 오래오래 사랑하도록 해요. 축하해준 당신들을 진심으로, 축복해요.

사랑받기 위해
태어난 사람

'당신은 사랑받기 위해 태어난 사람.'

지현언니는 이 노래를 들려주면 늘 울었다. 그 이유를 알게 된 건 2년 전쯤이었는데, 어떤 노래든 신나게 부르던 언니는 생일이나 축하할 일이 있을 때 우리가 이 노래를 불러주면 슬픈 듯 기쁜 눈물을 마구 터뜨렸다. 울지 않고는 그 노래를 다 부르지 못했다는 말도 덧붙였다.

언니는 한 번도 그 노래를 끝까지 불러본 적이 없다고 했다. 처음엔 그 말을 듣고 조금은 의아했다. 초등부 시절에 교회에 가면 매일같이 불렀는데, 너무 자주 부른 탓일까, 부를 때마다 그 의미가 무엇인지 한 번도 가사를 깊게 곱씹어본 적이 없었다. 다소 오글거리고 다소 숙연해지는 노래 가사를 성인이 되니 더 잊고 살았다.

그렇게 자주 불렀던 노래는 교회에서조차 부를 일이 줄었다. 다소 긴 반주로 시작해서 다소 긴 반주로 끝나곤 하는 노래. 어김없이 교회에 간 어느 날도 누군가의 생일이었다. 다 같이 한 사람을 위해 불러주는데 그 노래 가사를 처음으로 곱씹게 되었다. 누가 뭐라 한 것도 아닌데 갑자기 가슴이 울컥하더라는 거였다.

'당신은 사랑받기 위해 태어난 사람. 당신의 삶 속에서 그 사랑받고 있지요. … 당신이 이 세상에 존재함으로 인해 우리에겐 얼마나 큰 기쁨이 되는지.'

내가 쓸모없는 사람이라 느껴질 때가 있다. 점점 살면서 사랑받는 일이 적어지는 것만 같고 '사랑'과는 한 발자국 떨어져서 걷게 될 때가 많은 것처럼.

우리는 사랑받기 위해 태어났다. 사랑을 받고, 사랑을 주기 위해서. 그래서 내가 한심하고 미울 때 인생에 의문을 가질 필요가 없다. 누군가가 아무렇지 않게 뱉은 말에 상처 받을 필요가 없다. 괴로워하지 않아도 된다. 비교할 필요도 없고 나를 깎아내릴 필요도 없다. 우리는, 당신은 존재만으로도 충분히 사랑스러운 사람이다. 그걸 알 때 우리도 '사랑'이라는 단어만으로도 기쁨의 눈물을 흘릴 수 있다.

더 이상은 울지 마라. 울어도 웃을 줄 알며 우는 사람이 되기를, 그 '삶' 속에서 사랑을 찾는 사람이 되기를.

만약이라는 말에
우리가 붙어산다면

우리는 종종 우리가 만들어놓은 인연에 의문을 던질 때가 많아. '우리는 어떻게 만났을까'라든지, '우리는 왜 헤어졌을까'라든지, '모두 모두 행복하게 살았습니다'로 끝나는 결말이었다면 혹은 아니라면 어땠을까 하는 것들 말이야. 이 상황 자체에 대한 의문이 들 때도 많지만 '만약에'로 시작하는 상상을 주로 해. 상상의 나래를 펼친다고 해서 이루어지는 것도 아닌데 우리는 서로가 서로에게 만약이라는 상황을 자꾸만 덧붙였어.

"만약 우리가 그때 만나지 못했더라면 어떻게 됐을까?"

"만약에 네가 이런 사람을 만나면 어떨 것 같아?"

이 상황들이 너무도 터무니없고 어이없었지만 우리는 그 상황들을 찬찬히 곱씹으며 생각의 끈을 놓지 않았어. 심각한 표정을 짓는 네 모습이, 진지한 표정으로 묻는 내 모습이 좋아서,

빤하지 않은 빤한 말들이 좋아서 자꾸만 되묻고 싶었나 봐. 남들이 들으면 실없는 이야기라고 비웃으며 떠나갈지도 모르지만 말이야.

"만약에, 진짜 만약에 내가 너를 사랑하지 않았다면 어땠을까. 그래서 그저 스쳐가는 인연으로 남았다면 어땠을까."

"있잖아, 그 질문은 좀 슬프다. 여기서 이제 그만하자."

듣기에 버거운 상상쯤은 그 자리에서 끝을 내고 웃을 수 있는 것. 우리는 그런 엉터리 같은 상황이 참 좋았지.

나란히 걸어요

　나란히 기억되어 기록될 우리를 위해, 나지막이 속삭일 우리의 사랑을 위해 오늘도 나란히 걸어요. 서툴고 어설픈 순간마저 사랑이라 여기면서. 가끔은 우리, 지나간 날들을 보지 말고 다가올 날들을 먼저 보기로 해요. 같이 바라보는 곳이 없다면 나아가는 길이 없다면 언젠가는 잡고 있던 손마저도 놓아버리게 되겠죠. 함께 그려놓았던 미래를 열어보며 나를 떠올릴 수 있게, 우리 같은 꿈을 꾸어요. 낭만을 기약하기로 해요. 사랑이라는 단어를 말끝에 조금 더 길게 붙여두기로 해요. 다듬지 않은 말들도 못 이기는 척 받아주기로 해요.

　걸어가다가 넘어진다면 다른 한 손으로 잡아주기로 해요. "당신이 있어서 다행히 넘어지지 않았어."라는 가벼운 농담을 주고받을 수 있게 꽉 쥐고 놓지 않기로 해요. 손도, 마음도.

언젠가 사무치게 그리워질 오늘에게

그리운 하루를 그리며

　눈은 이른 아침에 떴지만 해가 저물어서야 기지개를 켰다. 눈을 뜨는 것보다 힘든 건, 몸을 일으키는 것. 어둑어둑해져서야 세탁기에 옷가지들을 돌리고, 깊은 시간이 찾아와서야 접시를 닦았다.

　오늘 하루는 오롯이 나를 위한 시간이었다. 듣고 싶은 노래를 마음껏 듣고, 보고 싶은 걸 마음껏 보고, 하고 싶은 걸 마음껏 했다. 누군가의 눈치를 보지 않아도 되었고 누군가와 감정 소비할 일도 없었다.

　단, 해야 할 일들이 쌓여 있었고 하고 싶은 일들은 많았다. 해야 할 일들을 뒤로하고 하고 싶은 일들을 찾았다. 시간이 많아서, 혹은 시간이 적어서는 결국 다 핑계였다.

　오늘 하루 집에서 쉬는 날이라 시간이 평소보다 많아도 해야 할 일들을 단 하나도 하지 못할 때가 있고, 하루 종일 일하느라 지친 몸을 이끌고 들어와도 해야 할 일들을 다 끝낼 때도 있었다. 결국은 마음먹기 나름이 아닐까.

다가오는 내일, 째깍거리는 소리에 뒷걸음질 치고 싶지만, 내일을 맞이할 준비를 해야 했다. 기지개를 켠 몸은 어기적거린다. 눈을 감기 전까지도 오늘 하루를 그린다. '그린다'라는 말은 나타낸다는 말이 되기도, 그리워한다는 말이 되기도 한다.

나는 늘 어딘가에 쫓겨서 해야 할 일들을 했다. 누가 강요하지 않았지만 할 수밖에 없었던 건, 어쩌면 내일이 다가오기에 핑계를 지우고 열심히 살아가는 걸지도 모른다. 내일을 위해 부족한 오늘 하루를 마무리할 수 있는 걸지도 모른다.

사랑할 용기

살면서 최대한 사람을 미워하지 않으려 애썼다. 남을 미워하기 시작하면 끝이 없을뿐더러 색안경을 끼고 보게 되는 묘한 느낌이 싫었다. 싫어하기 시작하면 매 순간 사랑해야 한다는 강박에 사로잡혀 살아야 한다는 것도 싫었다. 누군가를 싫어하는 데에 마음을 쓰는 것보다 내가 더 좋아하는 것에 마음을 두는 편이 훨씬 낫다고 생각했다.

내가 생각하는 것에 비해 사람들은 어떻게 해서든 누군가를 싫어해야 직성이 풀리는 사람처럼 보였다. 색안경을 끼고 그저 싫다는 이유로 사람을 미워했다. 싫어하는 데에 별다른 이유도 없었다. 사람을 좋아하는 데에 이유가 없듯 사람을 싫어하는 데에도 이유는 없을 수 있으니, "목구멍에 가시가 걸려도 그저 삼켰다."라는 표현 정도면 적당했다.

곁에서 사람들이 걱정해줄 때, 내가 그런 사람들 때문에 힘들어 울어도 나는 결코 그 사람들을 미워하지 않았다. 가끔은 나도 이런 내가 싫었다. 힘들 땐 힘들다고 말하고 싶었고 싫은 사람은 같이 싫어하고 싶었다. 그런 용기가 있었으면 했다.

　　그렇지만 그들만큼 나는 그들을 싫어하고 미워할 수 없었다. 누군가를 싫어할수록 내 행복이 줄어들었으니까. 누군가를 싫어하느라 버리는 시간들이 아까워졌다. 그럴수록 내게 남겨진 건 불행뿐이었다. 미워한다는 건 스스로를 더 망가뜨린다는 걸 아주 오래전부터 알고 있었기 때문인지도 모른다.

언덕

내 가치관이 세워지기 전까지는, 아니 어른이 되기 전까지는 무작정 달리는 게 최선이라 생각했다. 앞뒤 분간을 못해도 우선 뛰고 보았다. 나중에 주변을 둘러보는 것만으로도 충분할 거라 생각하면서.

숱하게 뛰고, 걷고, 쫓기듯 살다가 알게 된 게 하나 있다. 언덕을 오를 때 남을 좇아 숨을 헐떡이기보다 잠시 그 자리에 머물더라도 지치지 않는 편이 더 낫다는 것. 남들에게 나를 맞추는 게 아니라 나의 몸과 마음에 귀를 기울이는, 나는 이제 그런 사람이 되고 싶다.

가끔은 주변을 둘러볼 여유도, 내 마음을 돌아볼 여유도 필요하다. 무작정 달려가다 보면 길을 잃거나 쉽게 지쳐버릴 테지. 그걸 알게 됐기 때문에 나는 이제 그 아무리 힘든 길일지라도 견

녀낼 수 있을 것 같다. 앞뒤, 옆을 보면서.

　　　가파른 언덕길을 지나고 나면 그 끝이 왠지 보일 것만 같아서 무거운 수레를 끌어도, 뒤에 밀어주는 이가 없어도 나는 그저 힘이 났다. 지금 이 순간만 지나가면 꼭 더 나은 사람이 되어 있을 것만 같아서.

흘러가다

추억에 가려져 오늘을 잊고 살 때가 많았다. 그럴수록 이겨낼 힘이 생기는 게 아니라 견뎌내기 힘든 그리움들이 찾아왔다. 내가 애써 찾아가지 않아도 그랬다. 물론 웃었던 날이 많았던 만큼 울었던 날도 많았다. 지났던 날들에 아쉬움이 커 지나갈 날들은 불행일 때가 많았다.

그럴 때마다 얼른 이 시간이 지나가기를 간절히 바라기도 했다. 잊었던 그리움이 모여 돌이킬 수 없을 때 하나둘씩 떠나갔던 추억들을 뒤로하고 뇌리에 남겨진 잔상에 고개를 파묻었다. 문득문득 떠오르는 것들은 소중하게 간직하기보다 간절하게 돌아가고 싶을 때가 많았다.

울었던 시간이 지나가면 그 시간을 떠올릴 때마다 더 아련하고 낭만적인 시간을 간직할 수 있게 될 거다. 분명. 내게 물었을 때 이렇게 자신 있게 대답할 수 있는 건, 우리는 살아가면서 많은 부분을 포기하고 놀랍게도 그 많은 부분을 다른 부분으로 채우며 살아간다는 사실 때문이다. 사람이 사람으로 채워지든 추억이 또 다른 추억으로 새겨지든 또 새로운 게 채워질 때 지나간 인연들을 곱게 받아내며 마음의 허기를 조금 더 채워갈 수 있는 거다.

악을 쓰고 버텨 봐도 살아지지 않던 세상은 내가 그리워하는 것들을 뒤로하고 돌아설 때 퍽 살아지기도 했었다. 용기도, 자신도 없고 사람에 대한 정만 많던 나는 아직도 채워지지 않은 허기에 사람의 온기가 그립다. 그래도 언젠가는 둘러앉아 그때처럼, 그때만큼 웃으며 내 사람들과 얘기할 수 있기를 기도하고, 기도하고, 또 기도해본다.

흘러가는 수많은 시간보다 지금 내가 간직한 오늘이 더 소중하다는 걸 알았으면 좋겠다.

나의 진심을 오해하지 말아요

보통 누군가에게 서운한 것들이 생기면 오해일 거라고 생각했다. 아니 어쩌면 그 사람을 이해하고 싶어서 지금 당장의 상황이 오해라고 믿고 싶었던 걸지도 모른다. 애초부터 진심을 전하지 않았을 수도 있지만 각자 자신만의 방식으로 전해 상대방이 그 진심이 모르고 지나칠 때가 많다고 생각했다.

나는 본디 표현에 서툰 사람이라 서운한 게 생겼을 때 상대의 기분이 상하지 않게 표현하는 방법에 미숙했다. 마음이 힘들어도 혼자 견디는 법만 알아서 참는 거만 잘했지, 그 상황을 어떻게 벗어나야 하는 건지 몰랐다.

그렇지만 나의 방식으로 차근차근 풀어내기 위해 노력했다. 누군가와 언쟁하는 걸 그다지 좋아하지 않을뿐더러 서로가 서로에게 갖는 불편한 감정들이 싫었다. 내가 잘못하지 않아도 사과했고 누군가 던진 모진 말에 깊숙한 상처가 생겼을 때도 그 사람의 감정을 신경 썼다. 아쉬움은 늘 내 몫이었다.

사실 남들도 나처럼 생각할 줄 알았다. 상대에게 서운함이 생기면 '내가 오해하는 걸 수도 있겠구나.' 하고 어떤 관계도 잃고 싶지 않은 줄 알았다. 그게 가장 큰 착각이었다는 걸 지금에서야 알았다. 내가 생각하는 것만큼 사람들은 모든 관계를 그다지 깊게 생각하지 않았다.

수도 없이 많은 관계를 맺고 끊으며 모든 걸 다 잃었다고 생각했는데 생각보다 많은 게 남았다. 나를 위해 울어주는 사람, 내게 수고했다 다독여주는 사람, 떠나는 걸 아쉬워 해주는 사람. 그래서 이제는 잃어버린 것들보다 남아 있는 것들을 본다. 떠나간 인연보다 남겨진 소중한 인연들을 본다.

한 발자국 뒤돌아서면 더 선명하게 보이는 것들이 있다. 가까이 있을 땐 보이지 않다가 떠나고 나서야만 보이는 것들. 떠나고도 내 빈자리를 아쉬워 해주는 사람, 가끔이라도 생각난다며 연락해주는 사람, 그 모든 게 진심인 사람.

그들은 줄곧 내게 말한다. "네 존재만으로도 고마워." 모든 사람에게 잘해야 한다는 강박이, 모든 이에게 좋은 사람이 되어야 한다는 욕심이 그들의 진심 어린 한마디에 살포시 내려앉는다.

그 사람들에게 평생 고마워해야지, 생각한다.

언젠가 나에게, 어울리지 않는 인연에 굳이 목매거나 참지 않아도 된다는 말을 해주고 싶다. 우리가 멀어진 이유를, 엮지 못한 아쉬움을 전부 다 내 탓이라며 끌어안지 않아도 된다고 말해주고 싶다. 그 모든 게 오해라고 해도 말이다. 십 년 묵은 체증이 내려간다. 떠난 인연들은 울고 나는 이제야 웃는다.

삶

해를 좋아하는 나는, 쉬는 날이면 햇빛을 쐬러 나가곤 했습니다. 꽁꽁 묶인 실내에서 벗어나는 하루가 좋았습니다. 자전거 페달을 힘차게 밟을 때 따라오는 바람이 좋았습니다. 땀이 날 정도는 힘이 들지만요.

그런데 부쩍 게으름 피우는 날이 많아졌습니다. 아무것도 하지 않는 게 좋았습니다. 움직일 때마다 마디마디가 쑤셔댔습니다. 힘들다는 핑계가 꽤 오래갔습니다. 글을 한 편씩 써도 하루는 갔고 하루 종일 밀린 드라마를 봐도 하루는 갔고 열심히 살았건 대충 살았건 하루는 갔습니다.

나는 대충의 기준이 무엇인지 알지 못합니다. 매일 파도에 휩쓸려가다가 잔잔한 파도에 몸을 싣는 일이 대충이라 한다면 또 그런 걸지도 모르겠습니다. 허리를 펴는 날보다 굽히는 날이 많아졌습니다. 어깨도, 고개도 그랬습니다. 나는 점점 거드름을 피우고 싶어집니다. 게으름을 피우고 싶어집니다. 괜한 오기로 부리는 고집입니다. 쉬고 싶다는 말에 삶은 어떠한 미동도 주지 않습니다.

어떤 게 맞는 삶인지 모르지만 나는 그래도 가끔은, 이런 게으름을 피우는 내가 되기 위해 열심히 살기도 합니다.

휴식

　편한 게 좋았습니다. 침대에 두 다리를 턱, 내려놓을 때 모양대로 움푹 들어가는 게 좋았고 몇 번 생각을 뒤엎지 않아도 될 만큼 깊게 생각하지 않는 편이 좋았습니다. 그저 좋았다는 말입니다. 여기서 중요한 건 내가 좋아한다는 거지 내가 그렇다는 건 아니라는 겁니다.

　털썩 내려놓으면 꽝 소리 나는 딱딱한 바닥에 다리를 부딪치며 지독하게 열거해놓은 생각들로 밤을 지새웠습니다. '이래야지.' 하는 확신은 늘 적었고 '이럴걸.' 하는 후회는 늘 많았습니다. 스스로에게도 참 피곤한 사람이었습니다, 나는.

　처음엔 내게만 피곤한 사람이었는데 점점 더 주변 사람에게도 그런 사람이 되어갔습니다. 사랑을 갈구하고, 혹시나 주변 사람들이 떠날까 봐 불안해하고, 멀어짐을 두려워하는 사람이 되어갔습니다. 마음이 꽉 들어차 있으면 어떤 것도 더 이상 마음에 담을 수가 없었지만, 나는 늘 어딘가 꽉꽉 차 있었습니다. 걱정도, 불안도, 생각도 꽉 들어차 쉽게 비워두지 못했습니다.

휴식이 필요했습니다. 지친 몸을 침대 위로 던지는 것처럼 마음을 비워두는 연습이 필요했습니다.

희미해진 기억들이 빛을 발하면 모든 걸 내려놓고 편안히 누울 수 있을까요. 몸처럼 마음도 한 박자 쉬어갈 수 있을까요.

식물 놀이

집으로 화초가 하나 왔습니다. 공기정화식물이라는데 식물에는 큰 흥미가 없어 제가 이 생명을 혹여나 죽이진 않을까 걱정입니다. 뜯어보기 전에 벌써 걱정이 앞섭니다. 포장된 채로 뜯지 말고 둘까 하는 생각도 했습니다.

유리병에 식물을 심고 물을 주었습니다. 같이 들어 있던 돌멩이도 몇 개 집어넣습니다. 돌이 너무 커서 가만히 있는 유리병을 때립니다. 처음 하는 낯선 행동들이 어설퍼 자꾸만 설명서를 찾습니다. 돌을 넣은 병의 모난 부분에서 소리가 났지만 움푹하게 들어간 부분에서는 소리가 나지 않습니다.

"당신은 둥근 사람입니까?"라는 질문에 당신은 어떤 온도로 확실한 대답을 할 수 있는지요. 둥근 사람이 되려다 쉽게 모가 나곤 합니다. 모가 난 사람이 되지 않기 위해 둥근 사람이 되기도 합니다.

애초에 우리는 누가 좋은 사람인지 알기 어렵습니다. 인생에 완벽한 운명이라는 건 마지막이 되기까지는 누구도 장담할 수 없기 때문입니다. 괴롭던 머리맡에도 꽃이 핍니다. 가끔은 그렇게 빛이 들어올 때도 있어야 하지 않겠습니까.

이 식물 이름은 '스파티필름'이라 합니다. 잘만 키우면 흰색 꽃도 핀답니다. 벌써부터 시들시들한 잎사귀에게 미안해집니다. 꼭 내 모습 같습니다. 큰 돌멩이들에 둘러싸여 뿌리가 꾹꾹 눌린 게 지금 내 모습 같습니다. 이 생명은 얼마나 오래갈까요.

꽃을 볼 수 있었으면 좋겠습니다. 흰색이든 무엇이든 꽃을 피우게 하고 싶습니다.

비

창문 너머로 빗소리가 커지던 날이에요. 어딘가에 정신이 팔려 있다 보면 밖에 비가 오는지, 어둑해졌는지, 아무것도 알 수 없어요. 오늘이 그런 날이에요. 내 모든 힘을 다 쏟아버리고 집에 가는 길이었죠.

오랜만에 비가 떨어졌어요. 비가 온 지가 언제더라, 잘 기억나지도 않아요. 원래 우산이란 걸 잘 챙겨 다니지 않는데, 며칠 전에 비가 오는 줄 알고 가져왔다가 가져가기 귀찮아서 아무렇게나 처박아 둔 우산이 생각났어요. 귀찮음이 이렇게 날 도와줄 때가 있을지 몰랐어요.

처음엔 한두 방울이더니 몇 걸음 가자마자 우수수 빗방울이 떨어져요. 우산 말고도 양손 가득 짐을 들어요. 짐이 많은 날에는 바로 집으로 가고 싶어져요. 가다가 어느 빵집 앞에 발걸음을 멈춰요. 물기를 닦고 힘겹게 들어가요. 내가 좋아하는 캐릭터가 있는지 물어요. "버즈… 있어요?" 주인이 대답했죠. "버즈는 다 나갔어요." 버즈가 없는 도넛은, 나에게 더 이상 의미가 없어서 발걸음을 돌렸어요. 시무룩하게 젖은 마음을 그분도 알았는지 꽤나 크게 인사해주더군요.

근처에 같은 매장이 있는지 찾아보다가 우산이 날아갔어요. 주우러 뛰어가는 데 신호등을 기다리던 아저씨가 흘깃 쳐다봐요. 나를 꽤나 안쓰러워하는 눈치예요. 그래도 괜찮아요. 나는 우산이 있으니까요.

갑작스러운 비에 온몸이 다 젖은 사람들이 많아요. 나는, 비가 많이 오는 날 신호등을 기다리면서 비를 맞는 사람에게 가끔 우산을 씌워주곤 해요. 내가 우산이 없을 때, 지나가던 사람의 우산 속으로 들어가는 상상을 가끔 하곤 하거든요.

그날은 내 옆에 할머니가 양손에 무거운 짐을 들고 횡단보도 앞에 섰어요. 주변에 다 우산을 들고 있는데 할머니는 우산이 없었어요. 우산을 들 손조차 없는 것 같았어요. 조심스레 우산 한 편을 내밀었어요. 어쩌면 내가 더 많이 젖었는지도 몰라요. 할머니는 괜찮다며 손사래를 치셨어요. 한걸음 물러나는 척하다가 "저도 괜찮아요."라고 했어요.

신호가 바뀌고 할머니의 속도에 맞춰 걸었어요. 가시면서도 계속 "괜찮아요, 괜찮아요." 연거푸 말씀하시길래 어느 쪽으로 가시는지 여쭤봤더니 제 집과 같은 방향이더군요. "어차피 저도 그쪽 방향이어서요."라고 하다가 그만두었어요. 할머니는 자꾸 괜찮다, 괜찮다 하셨어요. 잠시 씌어준 것도 고맙대요. 걸음이 느려서 같이 가기는 조금 미안하대요. 어서 빨리 가래요. 떠밀려 가듯 어쩔 수 없이 나는 발걸음을 돌렸어요.

집에 들어와서 괜찮다는 말이 자꾸만 걸려요. 그냥 우산을 드리면 될걸, 후회했어요. 나는 뛰어가면 그만인걸요. 우산은 또 사면 그만인걸요. 우리 할머니도요, 외할머니도요, 다 괜찮다고 해요. 괜찮다, 괜찮다. 속으로는 하나도 안 괜찮으면서 자꾸 말로는 괜찮다고 해요.

그날은 나의 할머니, 외할머니 생각이 났어요. 우리 할머니가 비 맞으면, 누군가 옆에서 우산을 내주는 사람이 있을까요. 괜찮다, 괜찮다 해도 "저도 괜찮아요." 하며 우산을 안겨드리고 뛰어갈 그런 사람이 있을까요.

내가 갖고 싶은 걸 갖지 못했고, 날이 좋지 않아 만족스럽지 못한 하루였는데 그래도 내가 우산을 갖고 있어 누군가에게 그 한쪽을 잠시 내줄 수 있어서 감사했어요. 삶은 찬찬히 둘러보면 이처럼 사소한 것 하나에도 감사할 때가 많아요.

힘 빼는 연습

온몸에 힘을 뺀다.

얼마 전부터 쉴 때 주로 하는 행동이다. 어디선가 봤다. 몸이 긴장하면 굳어 있어 자꾸 풀어주는 연습을 해야 한다고. 머리에서부터 발끝까지 힘을 빼는 연습을 한다. 숨도 따라 차분해진다. 뭐가 두려웠는지 딱딱하게 굳은 어깨와 목은 제멋대로 엉켜 떠나려는 발목을 부여잡고 있다.

온몸이 굳은 것처럼 글도 또한 굳어 있다. 자꾸만 고쳐 써야 한다. 글도 나도. 이 모든 게 누군가 나를 속이기 위한 속임수일지도 모른다는 생각이 든다. 볕 들 날 없는 내 삶에 먹칠을 하고 싶었을지도 모른다고. 뻐근하게 지어진 미소도 내 탓인 것만 같아 마음 한쪽도 함께 무거워진다.

때로는 최고가 되기 위해 나의 최선을 버리게 되는 낡은 마음들이 있다. 잘해야지, 더 잘해야지, 넘어지지 말아야지. 너무 잘해야 한다는 마음을 갖고 살다 보면 만족하기보다 나를 깎아 내리고 자책하는 일이 많아진다.

완벽하지 않아도 좋다. 조금 부족해도 좋다. 힘을 빼다 보면 자연스레 놓아지는 것들이 생긴다. 그 자리에 앉아 숨을 깊게 들이마시고 또 한 번 깊게 내뱉는다.

온몸에 힘을 뺀다. 나를 뒤척이게 했던 모든 것들을 빼낸다. 털어낸다. 더 나은 내가 되기 위해서, 더 내 마음이 나아지기 위해서. 누굴 위한 것도 아닌 오로지 나를 위한 행동.

꽃이 피는 계절에

언젠가 꽃을 올려다보았을 때 이게 언제쯤 피었지, 싶었을 때가 있었다. 그렇다. 생각해보면 매년 봄, 나는 늘 정신없이 바쁜 삶을 살아가고 있었다. 봄이 찾아올 때마다 그럴듯한 이유를 댔지만 정작 돌이켜보면 무엇 때문에 그렇게 바빴는지는 확실히 기억나지 않는다. 왜 봄이 오는 시점에는 항상 시간에 치여 살았을까.

한 장, 그리고 한 장, 급히 걸어둔 시간에도 봄 곁에는 늘 사진들이 쌓여 있었다. 예쁘다. 봄이라는 계절이. 그 따뜻한 계절의 우리가.

겨울 내내 희었던 세상에 색채들이 피어난다. 분홍빛, 살구빛, 노란빛을 가진 색채들이 바지런히 피어난다. 낮게는 꽃을, 높게는 꽃나무를 두고 피어난다. 나무가 몇 번의 옷을 입었다 벗었는지 모르겠다. 얼마나 많은 잎을 떨구고 얼마나 많은 잎을 감싸 안았는지 모르겠다. 지나간 세월만큼 나도 어느새 어른이 되어 가고 있었다.

봄이 왔다. 봄이. 점점 사라져 가는 그 계절이. 짧게 흐트러 졌지만 깊게 남는다. 삶도, 사랑도, 그리고 너와 나도. 이 계절에 는 부디 깊게 자리 잡길 바란다. 작게 피어나도, 짧게 스쳐가도 분 명하게 남을 수 있길. 더 예쁘게, 더 낭만적으로 살아갈 수 있길.

지난 것들은 또 다른 장면이 되어

모든 것의 지난날을 생각한다. 흐트러졌으나 제자리로 돌아간 것, 처음부터 제자리였던 것, 흐트러지고 돌아오지 않는 것들. 누군가에게는 한 편의 영화와 같았고 또 누군가에게는 몇 부작 되는 드라마와도 같았으며 또 누군가에게는 생각하고 싶지도 않은 그런 슬픈 엔딩.

사랑할 때도 나는 줄곧 지난날들을 생각했다. 우리가 얼마나 많이 웃었고 혹은 울었는지 떠올렸다. 우린 모두 각자 다른 날들을 가슴속에 묻으며 살지만, 그래서 가끔은 지난 것들에 맥없이 흐트러지기도 하지만 여전히 지나간 것을 떠올린다. 아쉬움에 목 놓아 부르고, 미련에 몸부림치기도 하면서. 그리움에 얼룩과 추억은 한 끗 차이라는데 오늘은 또 어떤 장면으로 기억될까. 내 삶에 기어이 남아 영영 지워지지 않을 얼룩이 될까. 아니면 빼곡히 채워질 추억이 될까.

지난날들은 곧 또 다른 장면이 되어 돌아가지 못하는 날들을 떠올리게 하고, 사랑하는 지금 이 순간을 더욱 사랑하게 한다. 사랑에 지난날을 붙이면 나도 모르게 미소가 지어지는 하나뿐인 나날들.

동생

네가 태어났을 때, 나는 5살이었다. 어떻게 보면 꽤 차이가 나는 너를 나는 참으로 예뻐했다. 볼을 찔러도 보고, 내 고사리 같은 손으로 네 손을 조약돌처럼 쥐어보기도 하고. 내 동생이었지만 너는 참 귀여웠다. 내가 늘 옆에서 지켜줘야겠다고 생각할 만큼 넌 내게 그런 존재였다.

네가 조금 더 커서 뛰어다닐 수 있는 나이가 되었을 때, 나는 늘 너를 자전거에 태우고 다녔다. 혹여나 내 시야에서 멀어질까 싶어 앞에다 널 두고, 그 긴 동네를 다 헤집으며 달렸다. 지나가던 동네 어른들은 우릴 보고 참 보기 좋은 자매라 그랬지. 얼마나 많은 길을 달렸는지 모른다. 네발자전거가 세발자전거가 되고, 그게 또 두발자전거가 될 때까지였으니.

초등학교 운동회 때 반장 부모님이 햄버거를 돌렸을 때도 나는 너를 생각했다. 그때는 배가 무척이나 고팠는데에도 햄버거를 반쯤 입에 물고 나머지 반은 가방에 넣고 집에 가서 엄마에게 건넸다. 그러면서 "이거 하진이 줘."라고 말했다. 어리게 난 치아 자국이 빵 위에 듬성듬성 나 있는 햄버거를 받아들고 엄마는 한참을 웃었다고 했다.

　나는 특별히 글 쓰는 걸 배운 적이 없다. 다만 글을 쓰는 걸 좋아했다. 학교에서 하는 방과 후 논술, 문예반 뭐 이런 걸 다 들어갈 만큼 글을 쓰는 걸 아주 좋아했다. 내가 좋아하는 글을 쓰라고 멍석을 깔아주곤 했으니까. 글쓰기와 관련된 활동들은 목숨을 걸고 했다. 초등학교 저학년 때 들어간 논술반 선생님은 발표를 잘하는 사람에게 볶은 검은콩과 멸치를 줬다. 지금 생각해보면 참 특이한 선생님이시구나 하겠지만 그때는 친구들이 그것 때문에 목숨을 걸었다. 내가 목숨을 건 데는 다른 이유가 있었지만.

　나는 생멸치를 먹지 않는다. 볶든 굽든 튀기든. 검은콩은 더더욱 즐기지 않는다. 나는 발표를 힘들어했지만, 남들 앞에서 손을 들고 주목받는 걸 꺼렸지만 이상하게도 논술을 하는 날이면 없던 용기가 생겼다. 주머니에 한 개, 두 개 받은 멸치와 콩을 아무렇게나 욱여넣고 집에 가서 바지 주머니를 털었다. 멸치 목이 따져 있거나 똥이 삐죽 튀어나오거나 검은콩 껍질이 벗겨져 있는 일도 다반사였지만, 그걸 동생이 참 좋아했다. 네가 맛있게 먹는 모습에 나는 행복했다. 어린 나는, 나보다 더 어린 동생이 너무 사랑스러웠다.

내가 스물두 번째 여름을 보내던 날, 피곤하다며 불을 끄라는 너를 뒤로하고 나는 또 글을 쓰러 나왔다. 밤이 몹시 깊어진 후라 잠을 잘까 잠깐 멈칫했지만, 그것도 잠시, 다시 의자에 앉았다. 처음엔 너에 대해 쓰려던 게 아니었다. 내가 하는 사랑에 대해서, 내가 아는 사랑에 대해서 써 내려가려 했다. 이상하게 글이 써지지 않았다. 종이에서 글씨가 선처럼 흘러갔다.

나는 어느샌가 눈앞에 붙여둔 우리의 어린 시절 사진을 그리고 있었다. 그때 그 시절을 잠시 떠올리고 있었다. 이제는 네가 너무 많이 커버려서, 그리고 내가 너무 커버려서 함께 같은 자전거를 탈 일이 없지만, 가끔 사진 한 장에 그때를 떠올리면 어린 시절 우리가 고스란히 전해진다. 그래서 사진을 지그시 바라본 걸지도 모른다. 그래서 괜한 마음에 펜을 놓지 못한 걸지도 모른다.

아무것도 아닌 일들에 티격태격 싸우는 날이면, 다시금 그때가 떠올라 모난 마음이 둥글어진다. 거짓말을 하다가 들킨 사람처럼 머쓱해진다. 점점 커가면서 사소한 소중함이 잊힐 때면 어릴 때 그 마음 그대로를 손에 쥐고 다시 한번 펼쳐본다. 그때를 추억하며 가슴 한편에 슬그머니 미소가 지어진다.

살아가는 모든 것들이
가볍지 않기를

아무리 가까운 사이라도 당연하게 여기지 않으며, 작은 것 하나에도 감사하는 사람이 되고 싶었다. 그들이 내게 의미 있는 존재가 되듯, 나 역시 그들에게 의미 있는 무엇이 되고 싶었다. 나만큼이나 남들도 소중한 이들에게 감사하기를, 그 마음을 늘 마음 깊이 새기었으면 했다. 항상 그런 마음으로 내 사랑하는 모든 것들을 끌어안고 싶었다.

하지만 사람들을 좋아하고 그들과의 관계에서 내 모습을 찾다 보니 감사하기보다는 자연스레 외로울 일이 잦아졌다. 사람들에게 알게 모르게 서운한 점이 많았다. 무너지고 깎이면서 자주 숨이 막혔다. 내게 남은 사람은 몇이나 될까 헤아리다가 그 자리에서 자주 넘어졌다. 정이라는 건 생각보다 큰 장애물이었다. 강하게 살아가야 한다고 다짐하면서도 항상 사람들이 주는 포근한 정을 기대했다.

사람은 쉽게 사람의 온기를 그리워한다. 누군가 내게 건네는 호의, 호감, 그 어떤 것이 되었든 더불어 살아간다는 것에서 의미를 찾는다. 그래서 여전히 서운함으로 속앓이를 할 때도, 사랑하지 못할 때도 줄곧 사람은 그 곁을 맴돈다. 떠나지 못하고 여전히 남아 있다. 살아가는 모든 것들이 가볍지 않기를 바란다. 살아가는 모든 삶이, 내 곁의 모든 사람이 번치 않고 사랑하기를 바란다.

————— ＊

고마워

곁에서 함께 울어줄 수 있는 사람이 있다는 건 행복한 일이다. 좋은 일을 축하해주고 함께 웃어주는 사람은 많을지 몰라도 슬플 때 함께 울어줄 수 있는 사람은 그다지 많지 않으니 말이다. 웃음은 거짓을 고해도 눈물은 거짓말을 하지 못한다. 웃는 얼굴을 하고 속으로 시기와 질투를 할 수는 있지만, 거짓된 표정을 하고 억지로 눈물을 짜내지는 못한다. 생각해보면 나 또한 진심으로 누군가의 고통에 함께 아파하고 공감했던 적은 많지 않았던 것 같다. 아픔을 함께 나눌 수 있고 나의 슬픔을 위로해줄 사람이 한 명이라도 있다면, 지금 떠오르는 사람이 있다면 바로 가서 말하자.

"고마워, 네 덕분에 행복해."

고마움이란 수백 번을 전해도 결코 아쉽지 않은 마음이니까.

뼈해장국

감자탕이 먹고 싶은 날이 있다. 뼈해장국과 감자탕이 뭐가 다른지 사실 아직도 잘 모르겠다. 두 가지를 다 좋아해서 자주 그것들을 하나로 묶고는 한다.

광주에 있었을 때 기숙사 뒤편으로 10분 정도 걸어가면 나오는 뼈해장국 집이 있었다. 걸어가는 길이 꽤 먼데 먹을 때는 그것들을 잊고는 했다. 한 숟가락을 떠먹으면 국물 맛에 절로 "와!" 하는 탄식이 나왔다.

한두 번 먹다가 세 번째쯤 먹었을 때, 더 맛있게 먹는 방법을 혼자서 터득했다. 처음에는 뼈에 붙은 큰 고깃덩어리들을 와사비를 푼 간장에 찍어 먹고, 대충 다 발라 먹었다 싶으면 곁에 붙은 남은 살들을 발라 뚝배기에 털어 넣는다. 공깃밥을 하나 통째로 말고 쓱쓱 비벼 먹으면 곧 바닥이 보인다. 특별한 방법은 아니지만 이렇게 먹을 때 가장 맛있었다.

해장이 필요하지 않더라도 뼈해장국이 생각나는 날에는 늘 그 식당을 찾고는 했다. 친구들과 모여 항상 뼈해장국을 하나씩 두고 바닥을 긁을 때까지 먹었다. 그리고 그때마다 우리 옆 테이블에서 감자탕을 먹는 걸 보면서 "우리도 다음번에는 감자탕 먹어보자."라는 말도 잊지 않았다. 뼈해장국보다 감자탕이 훨씬 더 비싸서였을까. 우리는 돈을 헤아리며 그런 이야기를 하면서 늘 뼈해장국을 먹었다. 하지만 우리는 졸업할 때까지 결국 감자탕을 먹지 못했다.

살면서 했던 다짐들을 자주 잊고 살 때가 있다. 아니 솔직하게 말하자면 해야지, 해야지, 하면서도 바쁜 것에 치여, 익숙한 것에 밀려서 발을 내려놓을 때가 많다. 그때마다 나는 왜 그런지 대학 시절 먹던 뼈해장국이 생각난다. 그 음식을 먹으며 친구들과 나눴던 "우리 다음번에 꼭 감자탕 먹자."라는 그 약속이 생각난다.

지금은 다 흩어졌지만 뼈해장국을 같이 먹었던 친구들과 감자탕을 먹으면서 "우리가 드디어 감자탕을 먹네." 이런 시시콜콜한 대화들을 나누고 싶어진다. 시험 기간이었던 어느 날 밤, 10시에 뼈해장국이 먹고 싶다며 미루지 않고 전화 예약을 했던 그때의 우리가 되고 싶어진다.

이해를 바란다는 것

"너의 심정이 어땠는지 이제야 알겠어. 늦었지만 그때 공감해주지 못해 미안했어."

누구의 잘못도 아니지만, 정신없이 살다 보면 잊고 사는 것들이 있다. 다른 사람의 감정이나 그 사람이 처한 상황에 공감해 주는 것들이 바로 그것이다. 사람은 모두 각자의 관점에서 상대를 바라보기 때문에 내가 남을 완전히 이해한다는 건 사실 불가능에 가깝다는 걸 알지만, 우리는 힘들 때 자꾸만 남에게 기대어 내 힘듦을 덜어내고자 한다. 내가 슬프면 상대가 나만큼 슬퍼해 주기를, 내가 힘들면 나보다 더 아파해 주기를 바란다.

이런 욕심 아닌 욕심들이 쌓여 서로를 향한 오해와 실망으로 변한다. 힘들게 살아가는 내가, 또 다른 이유로 힘겨워하는 너에게 하지 못한 말들만 몇 글자 둥둥, 떠다닌다. 우리는 각자 다른 길을 걸어가면서 상대가 같은 방향으로 생각해주기를 바란다. 서로가 서로에게 진심 어린 공감이나 이해를 바란다. 그럼에도 불구하고 이해를 바란다는 건 다른 길을 걸어가는 우리가 같은 길에 서기 위해 서로에게 바라는 절실함이 아닐까. 완전히 같을 순 없어도 각자의 노력으로 조금은 더 가까워지고 싶은 마음이 아닐까.

만약 내가 오늘 죽는다면

"내가 물에 빠졌어, 어떻게 할 거야?"

애당초 그런 일은 벌어지지 않을 테지만 가끔 이런 말도 안 되는 질문을 던져보고 싶었어. 네가 해준 대답으로 '내가 사랑받는구나.' 한 번 더 느끼고 싶었거든. 내가 사랑하는 만큼 사랑받길, 그 사랑을 표현해주기를 바라는 게 어쩌면 당연하다고 여겼을지도 몰라.

너는 눈치가 없는 건지, 장난을 치는 건지 "내가 수영을 못해서 말이야." 하고 얼버무렸어. 내가 원하는 대답을 해주는 데에 돈이 드는 것도 아닌데 너는 항상 답을 피해 갔어. 그것도 모자라 "네가 날 구해주지 않을까?"라니.

나는 가끔 너의 그런 대답을 들을 때마다 '내가 왜 너를 사랑하게 됐을까.' 한 번 더 생각해보게 돼.

네가 "너는 내가 오늘 죽는다면 어떻게 할 거야?"라고 물으면 별 고민 없이 나는, "네가 없는 내가 존재할 수 있을까." 하고 말해줄 텐데.

너는 풋, 하고 웃을지도 모르겠지만.

첫눈

따스한 눈이 내리는 밤이었다.

첫눈을 맞으며 걷는데, 소복하게 쌓여가는 눈길 위로 작은 너의 발자국이 하나둘 찍혔다. 나는 그 순간조차도 놓치고 싶지 않아 내 두 눈에 너를 깊이 새겼다. 내 눈빛을 알아차린 너는 입가에 미소를 지은 채 살며시 나를 끌어안았다. 귓가를 간질이는 네 목소리에 내 심장이 어쩔 수 없다는 듯, 사정없이 쿵쾅거렸다.

눈꽃송이들이 세상에 사뿐히 내려앉고, 너는 그런 눈을 보며 행복한 미소를 지었지만, 나는 미소 짓는 너를 보며 세상 가장 행복했다. 따스한 눈이 내리는 순간에도 사랑하는 너를 가슴 깊이 새기었다.

온몸이 꽁꽁 얼어붙었으나 추운 줄도 모르고 서로 맞잡은 손을 꼭 잡고 놓지 않았다. 폭신한 눈밭에 눈보라가 일고 우리는 처음 눈을 본 아이처럼 환하게 웃으며 몇 시간을 그렇게 있었다.

아직도 홀로 눈 속을 거닐면 푹푹 네가 가슴속에 박힌다. 하염없이 떨어지는 눈 위를 저벅저벅 걸어도 사라지지 않을 발자국이 남는다.

'아, 내가 사랑하는'

아득한 계절

아득히도 먼 세상을 본다. 헤매기 전까진 헤매는 줄도 모르고 걷던 길에 표지판만 줄기차게 꽂아둔다. 엉망진창이 돼버린 내 삶에 그것들이 홀연히 다가온다.

나는 우리의 관계가 불안할 때 줄곧 확신에 찬 말들을 담곤 했다. 서로가 얼마만큼의 거리를 두고 걷는지 어느 방향을 보고 섰는지 모든 걸 아는 것마냥 확신에 차 있었다. 흡- 하고 숨을 들이마시는데 그 말들 중 몇몇이 걸러진다. 숨을 들이쉴 때 온몸에 찬 기운이 스쳐 몸을 움츠리게 된다. 나는 비록 몇 발자국 가지 못했으나 또 한 번 확신에 찬다. 흔들리던 마음이 꿋꿋이 살아남을 거라고.

뚜벅뚜벅 계절을 걷는다. 서로를 가장 뜨겁게 품었던 순간을 걷는다. 어떤 상황이든 선선하게 바라보며 다정한 눈빛을 보낼 수 있는 계절. 삶이 어설픈 순간에도 슬금슬금 웃음이 새어 나오곤 하는, 존재만으로 사랑을 속삭이고 마는 그런 계절. 우리가 얼마나 멀리 왔는지, 어디로 나아가야 하는지를 궁금해하지 않아도 가까운 자리에서 곁을 줄 수 있는 거리를 두고서. 아득하게 사라져도 좋을 만큼 두근대었던 우리의 모습을 끼고서.

나는 그 계절을 사랑해 영문도 모른 채 걷고 있다. 두리뭉실한 대답에도 영문을 모른 채 당신을 다시 사랑하게 된다. 내가 사랑하는 모습을 하고 사랑하는 계절에 사랑하는 길을 걷는다는 것 얼마나 낭만적인가.

두어 발자국 더 걷다가 걸음을 멈췄다. 숨도 함께 멎었다. 스쳐나가는 것이 당신의 품인지, 온기인지, 혹은 다른 어떤 것인지 알 수 없었으나 나는 다만 그 계절의 나를, 그 계절의 우리를 지독히 사랑하고 있었다. 들어차는 것들을 내 몸 깊숙한 곳으로 모아 두고 싶었다. 좋아하는 계절을 핑계 삼아 당신의 다정함을 더 사랑하고 싶었다.

처음

'처음'에 대해 생각해본 적이 있다. 모든 것에 '처음'을 붙여본 적이 있다. 첫인상, 첫 만남, 첫사랑, 첫 직장, 처음 가는 장소. '처음'이라는 단어는 듣기만 해도 설렘과 어색함이 동시에 찾아온다. 처음 만난 모든 것들은 새로운 이미지로 머릿속에 오래도록 자리 잡기도 한다. 그래서 사람들은 첫인상이 좋아 보이고 싶어 예쁘게 꾸미기도 하고, 평소와는 다른 말투를 쓰며 사람을 만난다. 어울리든, 어울리지 않든 그것이 나를 더 좋은 인상으로 만들어주길 바라는 간절한 마음으로 말이다.

어색한 것과 낯선 것, 두려운 것과 싫은 것은 엄연히 다른 단어지만 많은 이들은 이것들을 같은 형태로 분류하곤 한다. 나도 마찬가지였는데, 가끔은 싫은 것과 어색한 것을 같은 맥락으로 뱉어내기도 했다. 시작이 주는 떨림이 그다지 좋지만은 않아서였을까. 겁이 많은 나는, 살면서 만난 모든 '처음'을 멀리하고 싶었다. 모든 것의 처음에 내가 있는 걸 별로 즐기지 않았다. 내가 어색하게 느껴 상대도 어색해지곤 하는, 서로가 서로에 대해 잘 알지 못해 작은 것도 조심해야 하는 그 경계심이 목을 조이기도 했다.

어려서는 새 학기가 되어 반이 바뀌는 걸 싫어했다. 학기의 처음에는 새로운 친구를 만나고, 새로운 교실에서 새로운 선생님과 새로운 학년이 되어 만나야 하니까. 시간이 흐르면 새로운 순간이 반드시 찾아오기 마련인데도, 그 새로운 순간 한 걸음을 떼는 일이 조심스러울 만큼 어려웠다. 이 순간만큼은 나도 꼭 새것, 새로운 사람으로 어설프게 변해야 할 것 같아서였다.

나는 내가 새로운 곳에 적응하기 어려워하는 것이 '처음'을 두려워해서라고 생각했다. 하지만 수도 없이 많은 사람을 만나면서 두려워하기보다 낯설어한다는 걸 알게 됐다. 그리고 다른 사람 역시 나처럼 새로운 무언가를 할 때 떨리고, 설레고, 두려워하고 있다는 걸 알고 나선 '나만 그런 건 아니구나.' 하는 생각을 해보게 되었다.

나이를 먹고, 많은 사람을 만나도 언제나 그렇듯 처음 겪는 낯선 상황들과 쉬이 친해지지 못한다. 지레 겁을 먹고 도망치기만 할 뿐이지. 하지만 우리는 모든 '낯선' 것과 조금 더 가까워져야 한다. 익숙한 것은 좋지만 변화가 없다. 늘 같은 일상, 아는 일상은 나를 안정시켜주지만, 때론 나를 지루하게 만들기도 한다.

이미 익숙해져 버린 '나'라는 이미지를 주위 사람들에게 다른 이미지로 바꾸어 심어주기란 매우 어려운 일이다. 나도 모르게, 그리고 너도 모르게 '너는 이런 사람이야'라는 이미지가 거추장스러울 만큼 크게 자리 잡는다. 내가 꼭 그런 사람인 것 마냥, 그런 사람이 아니더라도 그런 사람이 되어야 할 것 같은 마음으로. 이런 마음은 꽤 짓궂다.

반면에 새로운 환경은 그 자체만으로도 새롭다. 낯선 것들과 가까워졌을 때 우리는 안주해 있지 않고 자꾸 무언가를 하게 되고 노력하게 되고 도전하게 된다. 내가 가진 그릇의 크기가 얼마나 큰지, 혹은 작은지 처음에는 알지 못하기에 낯선 상황에서는 나도 모르게 겸손하고 낮은 자세로 임하게 된다.

그러다 보면 새로운 것들을 경험하게 되고, 새로운 눈이 뜨이고, 낯선 것들에 가깝게 지내는 법을 터득하게 된다. 또 내가 몰랐던 나의 모습을 발견하게 된다. 우리는 지금 이 순간에도 편하고 안정적인 것들을 버리지 못해 쉽게 안주해버리고 말지만, 새로움이 없다면 우리는 더 나은 나를 찾지 못할 것이고 더 높은 산을 넘지도 못할 것이다. 내가 경험해보지 못했다면 결코 알 수 없는 것들이다.

이제는 오랜만에 만나는 친구만큼이나 새로운 사람들이 반갑다. 겁을 먹게 하는 것들은 여전하지만, 반가운 사람들이 생겼다. 처음이지만 다정하게 느껴진다. 그들에게 소중한 것만큼 이나 다정한 인사를 자주 붙이곤 한다.

나는 이제 더는 새로운 것들을 두려워하지 않기로 한다. 익숙한 것들을 보내고 새로운 것들을 맞이할 때, 낯선 것들을 오해하지 않기로 한다.

언젠가 사무치게 그리워질 오늘에게

봄 같은 당신은

다정한 말투, 따스한 눈빛, 애정 어린 손길.

그 모든 게 나를 향했던 당신은 늘 봄 같은 사람이었다. 봄은 내게 포근했고 따뜻했고 온통 다정했다. 볕에 꽃잎이 수줍게 벙글고 온기가 느껴지는 따뜻한 계절, 희었던 나무에 파릇한 새순이 돋아나는 계절이었고, 그런 봄을 닮은 당신 곁에 오래도록 서 있고 싶었다. 나는 당신과 여름처럼 뜨겁지도, 겨울처럼 차갑지도 않은 그런 잔잔한 사랑을 했었다. 시간이 흘러도 변함없는 목소리가 귀에 닿으면 넋 놓고 그것을 안게 되는, 항상 같은 온기로 나를 안아주는, 당신이란 사람은 그런 사람이었다.

사랑

눈을 가려도 보이는 게 있다면 그건 보이는 걸까. 느껴지는 걸까. 우리가 서로 손을 잡고 있지만 어떨 땐 나 자신보다 당신을 더 사랑한다고 느껴. 혼자 있을 땐 거짓이던 웃음이 당신 앞에서는 늘 진실이 되곤 하니까. 한없이 외로웠던 순간들도 그 틈을 벗어나곤 해. 우리는 사랑하니까, 사랑받으니까, 눈에 보이지 않는다고 사랑하면서도 사랑을 갈망해. 때로는 그 갈증이 서로를 얽매기도 하지만, 우리는 여전히 사랑할 거야. 보이는 것보다 보이지 않는 게 전부가 될 수도 있다는 그런 분명한 믿음으로.

너와 내가 한 편의 시가 되는 일

사랑이란 너와 내가 만나
우리라는 시 한 편을 쓰는 일.

참 가깝지만, 또 한편으로는 아득해서
쉽게 매듭을 지을 수 없는 일.

쉽게 띄어 쓸 수 없고,
그렇다고 또 쉽게 붙여 쓸 수 없는
그런 감성적인 일.

때로는 무너지는 마음을 부여잡고도
괜찮다며 내 전부였던 것들을 다 놓아주는 일.

크게 다가왔다가 작게 돌아서는 사랑과
작게 다가왔다가 크게 느껴지는 이별을
같은 마음으로 한편에 엮어내는 일.

슬프지 않은 작별은 없을까

소멸, 소각, 소진.

다 사라져버리는 단어야. 갈기갈기 찢기든 태워버리든 다 써버리든. 나는 오늘 이 단어들과 함께 당신을 기억하는 것들을 집에서 삼십 분 거리에 있는 우체통에 모조리 넣어두고 왔어. 해가 지려면 아직 한참 남았는데 집배원 아저씨가 가져갔는지 모르겠어.

아직도 마음속에 당신과의 기억이 희미하게 남은 걸 보면, 내다 버릴 게 조금 더 남아 있는 걸지도 몰라. 우리가 함께했던 모든 추억이 다 흐려질 텐데. 너는 괜찮을까. 정말 괜찮을까. 타 죽어도, 목말라도, 빠져 죽어도 괜찮을까.

"응, 나는 괜찮아."라고 했다가 거짓말을 하면 코가 길어지는 피노키오처럼 코가 길어져 버렸어. 내 진심은 어디로 흘러가고 있을까. 사실은 그게 다 나에게 하는 질문인 것을, 눈물을 꾹 꾹 참으며 되뇌곤 해.

괜찮을까. 괜찮니. 괜찮….

숨을 참아. 슬프지 않은 작별은 없을까. 영원히 행복할 수 있는 그런 방법은 없을까. 눈을 뜨고도 가끔 사경을 헤매곤 해. 영화나 드라마에서 보면 꼭 그렇잖아. 사랑하는 사람을 위해 한 쪽이 죽는 그런 거.

내가 죽고 당신이 산 건지, 당신이 죽고 내가 산 건지 모르겠어. 알 수 없는 길을 걸으며 자꾸만 혼잣말이 늘어. 우리는 사랑하기 때문에 이별을 한 걸까, 떠나기 위해 사랑하는 걸까 하면서.

온도

　나는 사람이 언제나 차가울 수만은 없다고 생각했다. 반대로도 마찬가지다. 온도는 생각보다 민감한 부분이라서 때론 마음만으로는 쉽게 알지 못했다. 그래서 눈에 들어차기 전에 스쳐 간 때가 많았다. 누군가의 마음을 읽기 전에 차가웠는지 뜨거웠는지 가늠할 수조차 없을 때가 많았다. 내겐 아무것도 아닌 부분이 상대에겐 예민한 부분이 되기도 했고, 누군가 아무렇지도 않게 뱉은 말이 나에게 상처가 되기도 했다. 잔잔한 날보다 서로의 말에 날이 서는 날이 많았고, 서로를 완전히 이해한다고 생각했지만 틀어진 관계가 많았다. 그럼에도 이상하게 우리는 모든 관계의 시작점에서 항상 같은 온도를 살아간다고 믿고 있었다. 우리는 영원할 거라고 믿고 싶었기 때문인 걸까.

관계가 틀어진 어느 날에는 마치 작은 불씨라도 살려보려고 애쓰는 사람처럼 그랬다. 살아보려는 사람처럼 그랬다. 온기를, 냉기를 이따금씩 받으며 꼿꼿이 섰다.

"우린 곧 같은 온도일 거야."

나는 여전히 그렇게 굳게 믿고 있었다.

어설프게 머물러도
좋은 날에

삶에는 머무는 것보다 떠나는 게 훨씬 많아요. 그래서 머무는 것보다 떠나는 것에 더 마음을 두게 돼요. 여전히 내 곁에 남아 있는 것들보다 왜 나를 떠나갔을까 하는 생각들에 사로잡힐 때가 많아요. 당장 눈앞에 보이는 게 다니까, 부족한 것만 보이니까 자꾸 손에 쥐지 못한 것들에 신경이 쓰여요.

근데요, 시간이 흐르고 보니까 그래서 더 좋았던 것 같아요. 내 마음대로 되지 않아서, 더 부족해서, 더 간절해서, 더 보고 싶어서. 가끔은 그런 결핍이 필요하다는 생각이 들어요. 한곳에 오래 머무르면 그곳이 얼마나 좋은 곳인지, 함께 있던 사람들이 얼마나 소중했는지를 잊고 살 때가 많거든요. 차곡차곡 쌓아가는 건 어렵지만 무뎌지는 건 쉬워서 직접 보지 않고는 느끼지 못할 때가 많거든요.

어렵게 사계절을 보냈어요. 어떻게 시간이 흘렀는지도 모르게 허둥지둥 말이에요. 늘 행복했으면 좋겠다고 생각했지만, 행복하게 사는 건 쉽지 않았어요. 만족하지 않고는 절대 행복할 수 없었고 나는 이루어지지 않은 것들을 원망하며 당장 펼쳐진 것들만 믿었거든요. 내 마음처럼 되지 않으면 어떡하나 걱정했고, 넘칠 만큼의 욕심을 부렸던 것 같아요.

그때는 사랑하는 사람들과 조금만 더 가까웠으면, 우리가 더 자주 볼 수 있었으면 했어요. 내 힘으로 해결하려 했고, 현실 탓만 했거든요. 받아들일 줄도 알아야 하는데 울기만 했거든요. 어려서.

이별은 슬프지만 나는 이별해서 더 좋은 인연도 있다고 믿어요. 훗날 그 이별이 또 다른 인연을 맺어준다고 믿어요. 당장은 내일이 걱정되겠지만, 오늘은 조금 어설퍼도 좋겠어요. 완벽한 날이 아니더라도, 이만하면 좋겠어요.

언젠가 사무치게 그리워질 오늘에게

시간이 흐르고 보니까 그래서 더 좋았던 것 같아요.
내 마음대로 되지 않아서, 더 부족해서, 더 간절해서, 더 보고 싶어서.
당장은 내일이 걱정되겠지만, 오늘은 조금 어설퍼도 좋겠어요.
완벽한 날이 아니더라도, 이만하면 좋겠어요.

안녕, 안녕

예쁘게 핀 달을 보며 안부를 전합니다. 그대, 잘 지내고 있나요. 당신의 안부를 하늘을 보며 전해야 한다는 것이 정말 유감스럽습니다.

당신을 떠올릴 때면 환하게 빛나는 달빛에도 시야가 흐릿해집니다. 목이 메어, 가슴이 미어져 어떤 말도 담을 수가 없습니다. 한없이 해맑게 웃던 순간들이 흐놀다 사라집니다. 반짝이는 빛들도 서서히 옅어집니다.

안녕이라고 말하면 안녕이라고 답했던 날들이 떠오릅니다. 마침표 없는 인사에 못다 한 말들을 슬며시 주워 담습니다. 그렇지만 아쉽다거나 후회되진 않아요. 그리운 만큼 그 시절의 나는 당신을 충분히 많이 사랑했으니까요.

그대, 당신은 잘 지내겠죠. 당신과 헤어진 후로 나는 이상

한 버릇이 생겼습니다. 달이 잘 익은 날이면 나도 모르게 눈을 감고 당신의 안녕을 비는, 그런 버릇 말이에요. 아무래도 이 버릇은 쉽게 버리지 못할 것 같습니다.

오늘도 눈을 감고 기도합니다. 당신의 안녕을, 우리의 지난 사랑에 안녕을. 멀리서라도, 가끔은 당신의 인사를 듣고 싶네요.

언젠가 사무치게 그리워질 오늘에게

좋은 사람

오랜만에 친구를 만났습니다. 오래된 친구는 오래 보지 않아도 꼭 엊그제 만난 사람 같습니다. 이미 어딘가에 깊게 자리 잡고 있었던 것처럼 졸졸 나를 따라다닙니다. 내게 좋은 사람은 굳이 어떤 말을 하지 않아도, 맞추려고 노력하지 않아도 마냥 좋은, 아낌없이 주고 싶고 지나쳐도 부족한 그런 사람입니다.

내겐 전부인 그 사람들이 이제 다른 어떤 것보다 나를 쉽게 허물어지게 하는 약점이 되기도 합니다. 아무렴 어때요. 존재만으로도 좋은 사람이 있다는 건 내 전부를 허물어도 아쉽지 않은걸요. 때 묻지 않은 말을 건네고 닳지 않는 마음을 전합니다. 지나간 시간을 함께 읊으며 그 오랜 옛날을 다시 잃으며 우리는 긴긴 추억 속을 걸어가기도 합니다.

좋은 사람과 있을 때는 내가 꼭 좋은 사람이 되는 것만 같습니다. 그 사람이 가진 밝은 에너지와 특유의 발랄함이 죽어 있던 나를 깨우는 것 같습니다. 좋은 사람과는 끊임없이 오랜 시간 함께하고 싶습니다. 좋은 상황이어서, 맛있는 식사여서, 즐거운 하루여서가 아니라 상대가 당신이어서 행복하고 그래서 함께하고 싶은 겁니다.

숨이 차기 전에 말을 줄입니다. 횡단보도 앞 신호등이 초록 불로 바뀝니다. 평소 같으면 뭐가 급한지 부리나케 뛰어갈 테지만 오늘은 뛰지 않고 한 자, 두 자 적습니다. 하루를 함께해도 기나긴 여운을 간직하고 싶은 사람이 있습니다. 내 유일한 결점이 되어도 다만 좋은 사람이 있습니다. 붉게 물든 불은 다시 초록빛으로 바뀔 거고 기다리는 내내 나는 오늘의 아쉬움을 뒤로한 채 하루를 마무리합니다.

오늘 당신은 어떤 좋은 사람을 만났나요.

언젠가 사무치게 그리워질 오늘에게

흘러가는 것은 흘러가는 대로

내 것이 아닌 것에 너무 연연하지 말자.
내게 오지 않아도 아쉬워하거나 서운해하지 말자.
모든 것에는 때가 있는 법.

남들이 생각하는 것과 내가 생각하는 것이
조금 다르다고 해서
세상이 무너지는 표정을 짓지도 말자.
내 것이 아닐 뿐이다.
애초에 내 것이었다면
곧 내게로 다시 돌아올 테지.

원망하고 후회해도

시간이 흐르고 나면
돌아오는 것은 받아들이고
돌아오지 않는 것들은 내려놓는
순간이 올 테지.

지금은 당장 받아들일 수 없는
그 또한 결국 내 삶인 것이더라.

한 철만 더 나를 사랑해주라

새벽녘 어스름한 달빛 아래 펄럭이는 마음을 부여잡는다. 어수선한 방을 보고 있노라면 마음이 꽉 막힌 듯하다. 부산스럽다는 표현이 맞겠다. 한 번 넘어지고 한 번 일어서는 것 말고, 아홉 번 넘어지고도 아홉 번 일어선 사람이 얼마나 될까.

그득하게 깔린 옷가지들을 미적거리며 한곳에 차곡차곡 포개둔다. 모든 건 한 철일 텐데 까마득히 철 지난 생각들이 바닥 곳곳에 널브러져 있다. 떠나보내기에는 낯선 마음들도 한 덩이로 묶여 덩그러니 놓여 있다.

이른 입동 준비를 하며 두꺼운 마음을 꺼내고 가벼운 마음은 이내 걸어둔다. 궂은날의 기분이 조금씩 갠다. 며칠간 앓았던 불면도 나직하게 가라앉는다.

몸은 수백 번도 더 무너졌으나 한 번 더 나를 일으킨다. 그래, 살아가야지. 목숨은 하나지만, 무너질 때마다 한 번씩 죽어가지만 한 번 더 일어서면 그땐 정말 살 수도 있지 않을까 해서.

철 지난 감정들은 외로이 몸속을 타고 지나가지만, 나를 믿고 또 한 번 나를 사랑해줄래.

한 철만 더 사랑해주라.

인연의 끈

스쳐 지나가는 인연들을 모두 내 인연이라 여겼을 때가 있었지.

한 사람을 위해 눈물을 흘리고, 간절한 기도를 드리고, 흔들린 진심을 표할 때 우리는 멀리서 서로의 흔적을 부둥켜안고 마른침만 삼켰어. 내가 할 수 있는 일이라고는 흐르는 시간을 저만치 떠나보내며 네게 표정 없는 안부를 전하는 일뿐이었지.

마디마디 꺾여 숨 쉴 곳을 찾는 게 내 여생이었지. 내게 사랑이란 가까우면서도 멀게 느껴지는 일이었어. 숨 한 번 쉬는 것조차, 눈물 한 방울 흘리는 것조차 내 마음대로 되지 않았거든. 살포시 흘린 뜨거운 눈물이 식어도 그것을 뜨겁게 받아 먹는 것, 그 또한 사랑이라 여긴 거야.

한 명이 떠나갈 때 세상이 떠나갈 듯 울었어. 사람마다 의미를 붙이는 건 곧 스스로 건네는 위안일지도 몰라. 우리는 영원히 사랑할 운명 같은 거, 지치지 않을 인연 같은 거.

한없이 바스러지는 인연을 붙들고 나를 망가뜨리지는 말아. 어설프게 붙잡은 인연은 곧 독이 되기도 하거든. 멀어지는 인연은 멀어지게 내버려두고 실컷 울고 나면, 다시 한번 실컷 웃자.

질문

어떨 땐 모든 걸 포기한 사람처럼 돌아서도
스스로 만족했다면 그걸로 충분해.
잃은 게 많아도 후회가 없다면 그게 정답이야.

누군 이래 누군 저래 많은 말이 오가지만
이런들 저런들 내 선택이 오답이라고
감히 누가 말할 수 있을까.

작은 것에 감사하며 오늘을 누리자.
웃을 수 없다면 웃을 수 있을 때까지 좀 웃으며 살자.

위로

아프지 마라. 몸도, 마음도.

쓰라린 밤을 앓고 있다면 나는 당신 앞에 슬픈 푯말을 꽂아두고 싶다. 당신 이름으로 된 꽃 한 송이도 조심스레 내려놓고 싶다. 다 괜찮다고, 조금만 힘내어 달라고 짧은 편지를 응원 삼아 쓰고, 남기고 싶다.

나는 당신이 상처받지 않았으면 좋겠다.

그게 몸이든, 마음이든.

언젠가 사무치게 그리워질 오늘에게

매일 하지 못했던

매번, 미루고 미루다가 하지 못한 일을 한 가지씩 하기로 한다. 하루에 하나씩. 그동안 알게 모르게 짊어지고 있던 양이 많았는지 꽤나 무겁다. 모른 척 넘어갔던 수없이 많은 감정이, 뒷받침하는 변명들이 줄줄이 늘어진다.

어제는 미워했던 누군가를 사랑하기로 했고, 오늘은 감사한 일 세 가지를 공책에 적었다. 요즘은 감사한 일을 하루에 한 가지씩은 꼭 생각하고 있다. 부정의 단어는 왠지 모를 헛헛한 감정을 불러일으키고 하루에 감사한 일을 떠올리면 그건 또 저마다의 허전함을 채워주더라는 거다.

그렇게 한가지씩을 떠올리다 보면 꼭 마음속에 걸리는 생각이 있다. 지금까지 쑥스러워 미뤄뒀던 마음들을 당연하다는 이유만으로 얼마나 오랜 시간 미뤄뒀던가. 우리는 그 익숙함에 얼마나 무디게 살아왔던가. 사람은 미안하다는 말에는 줄곧 자신 있어 하면서, 고맙다는 말에는 꽤나 인색하다. "고마워요.", "사랑해요." 이 같은 말들은 낯간지러워한다.

감정은 참 쉽지 않다. 정말 커다랗게 자리 잡은 감정들은 사실 매우 작은 것일 때가 많고 정말 하찮게 여겼던 감정들은 매우 중요한 것들일 때가 많다. 내 머리를 꽉꽉 채우고 있던 불안은 쉽게 잊지 못하고 가끔씩 떠올리는 고마운 마음은 모르는 척 지나갈 때가 많다. 잊고 살았던 감정들을 꺼낸다. 하지 못한 말들을 꺼낸다. 그 말들은 애석하게도 멈칫하는 사이에 차마 전해지지 않고, 슬그머니 사라지기도 한다.

하지 못했던 한 가지씩을 하기로 한다. 미루고 미루던 일을 꿋꿋이 해내거나, '어차피 나는 안돼.'라며 단정 지었던 수많은 상황에 다시 한번 다가가거나, 미처 하지 못한 말들을 용기 있게 전한다. 미룬 후, 다시 손에 쥐게 된 이것들이 결코 달갑지 않겠지만, 과거에 대한 후회나 아쉬움보다는 지금 내가 보지 못한 것들에 조금씩 다가간다.

미워했던 누군가를 용서하고 보통의 날에 감사한 일들을 찾는 것, 고맙다는 말과 사랑한다는 말을 더 이상 미루지 않는 것. 이건 내가 조금씩 해나가고 있는 아주 사소한 일들이다. 아주 작고 사소한 것에도 사려 깊은 사람이 되고 싶다. 살면서 쉽게 놓치고 사는 것들에 조금 더 귀를 기울이고 싶다.

바다가 되면 좋겠다

나는 한 번씩 생각한다.
바다가 된다는 것을.

넘실대는 파도에 화 한 번 섞지 않고 늘 차가워
되돌아가지도, 멈춰 서지도 않고,
그저 잔잔히 흘러가는 것.
방향을 알고 멀리멀리 떠나가는 것.

의지도, 결단력도, 속도도 없는 내가
파란 바다 깊은 곳을 유유히 거니는 꿈
종착지를 몰라도 꽤나 잔잔하게 사는 것.

세상은 내게 말하고 있다.

아무 일도 일어나지 않는 것만큼 무료한 삶은 없다고

하지만 아무것도 하지 않는 것처럼 즐거운 일도 없겠지.

괴로움, 외로움, 설움…

그 많은 '움'들은 어디서 생겨난 형태일까.

살다가 살아내려다가 울다가 웃다가

무료함이 즐거움이 되는 일이,

세상에서 제일 행복하고

또 제일 불행할지도 모른다는 생각이,

온종일 그리운 어제를 살다가 죽는 오늘이,

비극일까 희극일까.

세상 모든 일은 이면을 가진다.

가장 사랑했던 것들은 나를 젖게 하고

가장 불안했던 것들은 줄곧 나를 일으킬 수도.

나는 바다가 되고 싶었다.

비열이 작은 육지처럼

쉽게 차가워지거나 쉽게 뜨거워지지 않고

서서히 뜨거워지고
또 서서히 식어가는
바다가 되고 싶었다.

보내는 오늘

12시가 되었고 나는 눈을 감는다.
절실하게 멈추고 싶을 때가 지금이다.
눈을 뜨면 나는 또 쉴 새 없이 뛰어다니겠지.

고요한 하늘에는 수놓은 별들이 군데군데 새겨지는데
덧붙이지 못한 내 모습은 밤하늘을 쉽게 벗어난다.
그 새벽의 풍경이라도 되고 싶었던 절실한 마음은
시간 앞에서 서서히 부서진다.

언젠가 사무치게 그리워질 오늘에게

쉽게 맺을 수 없는 이유

무작정 걸어도 잃을 건 없어서.

봐야 할 걸 놓치고 지나쳐도 후회할 건 없어서.

엉켜 있던 미련이 자주 제 발에 걸려 넘어져 버려서.

누구의 탓이라고 돌리기 전에 마음이 먼저 다쳐서.

쉽게 점을 찍을 수 없는 이유는

모든 게 끝이 나기 전에 다시 시작이어서.

끝이 난 인연에도 뒤늦게 따라오는 감정들에 떠밀려

내 것이라고 장담할 수 없는 그뿐이어서.

삶도, 글도, 사랑도 쉽게 잃기 싫어서

함부로 글을 마칠 수 없는 이유도,

밀려오는 쓸쓸함이 온 하늘 위를 뒹굴 수밖에 없는 이유도

쉽게 맺을 수 없어서다. 어떤 것도 쉽게 매듭지을 수 없어서.

비가 온 뒤 하늘은 맑음

주위가 온통 눅눅해진다. 비가 온 뒤 꿉꿉하게 가라앉은 습도만큼이나 마음도 쉽게 헛헛해지고 만다. 얼마나 오랜 빗방울을 맞았을까, 얼마나 긴 시간을 앓았을까. 열댓 번의 장마 끝에 태양볕은 내리쬐고, 덮여 있던 구름도 차츰 안개를 걷는다. 굳어버린 시간 틈에 놓쳐버리는 것들이 많고 녹아버린 하루 속에 잊히는 것들도 많다.

나는 내가 뭐든 다 쉽게 해낼 거라 믿었다. 간절한 바람과는 다르게 쓰다만 일기가 널브러져 있고 보내지 못한 안부가 많다. 어디에도 속해 있지 못하고 한참을 세상 주위만 빙빙 돈다. 하루에 몇 번이나 중심을 잃고 흔들리지만 주저앉기에는 아직 일러서. 늦기 전에 해야 할 일들이 너무 많고, 뒤죽박죽 섞인 날들도 차츰차츰 꿰맞출 것들이 참 많아서.

언젠가 사무치게 그리워질 오늘에게

잡히는 것보다 저물어가는 것들이 많은 요즘, 생각이 많고 그 속에 빠져 허둥댈 때가 많지만 그래도 오늘 내가 만족했다면, 그걸로 되었다. 혹은 정말 만족스럽지 않았어도 참 잘했다고 안아주고 싶다. 다독여주고 싶다.

분명하지 않은 날들이 분명하게 퍼부을 때도, 지독한 외로움이 마음 한편을 쉽게 일렁일 때도, 차가운 것들은 식게 내버려 두고 지나간 날들은 지나가게 두고 다가오는 것들을 사랑하며 살아갈 거라고.

그저 나를 스쳐 지나가는 순간이 내 마음속에 너무 깊게 자리 잡지는 않았으면 한다. 비가 오고 또 언제 그랬냐는 듯 날은 갤 테니까. 맑은 하늘을 올려다보며 따뜻한 미소를 띨 테니까. 누군가의 수고로움은 어떤 누구도 판단을 내릴 수 없다. 내가 주저앉을 때, 그래도 나는 내게 말해줘야 한다.

수고했어, 그거면 충분해.

힘

칠월의 셋째 주 토요일에는 무더기 같은 비가 왔다. '흘러간다'라는 말이 와닿던 날. 아침부터 쏟아지는 비가 눈을 더 뜨기 힘들게 했다. 십 분만, 이십 분만, 하다가 오늘도 지각할 뻔했다. 어제부터 태풍이 온다더니 생각보다 너무 잔잔해서 우산을 가져온 내 손이, 장화를 신고 온 친구의 발이 무안할 지경이었다.

신호등을 기다리는 사거리 앞에 서면 누군가를 꼭 만난다. 좌우로 손을 흔들며 반갑게 인사하다가도 잠시 뒤 머쓱한 웃음을 흘린다. 살아가기 힘들 때, 우리는 어떤 표정을 지어야 할까. 머리를 굴려 가며 딱딱하게라도 웃어야 할까. 오늘도 힘들겠지. 오늘도 바쁘겠지.

똑같은 하루를 예상하며 던지는 대화들이 참 막막하기만 하다. 빨간불이 바뀌면 힘겹게 발을 내딛는다. 오늘은 몇 명쯤 온다느니 오늘은 힘들지 않았으면 좋겠다느니 아무 일도 없었으면 좋겠다느니 하는 바람만 자꾸 늘어난다. 욕심이 앞서간다.

비가 오는 걸 싫어하는 내가 '비가 더 많이 오게 해주세요.' 하고 기도한다. 어차피 한 곳에 갇혀 있을 거라면 그 시간에는 비가 전보다 훨씬 더 많이 내렸으면 한다. 천둥이 치고 비에 잠겨서 조기 퇴근이라는 허무맹랑한 꿈을 꾸기도 한다. 이전에는 비가 오는 걸 지독히 싫어했는데, 싫어하는 걸 바란다는 건 그만큼 이 상황이 더 고통스럽다는 뜻일까. 비가 오는 것보다 더 괴로운 무언가가 있다는 말일까.

목구멍이 텁텁하다.

힘들다면 조금만 흘려보내자, 우리.

햇살

햇살 밝은 날 보고 싶은 사람들아,

내겐 삶이 적막과 그늘뿐이었지만

당신들 덕분에 지친 하루 속에서도 쉬다가 가.

생각대로 살아가기가 쉽지 않은 날

자책하며 혼자 싸늘히 식어갈 때도

묵묵히 곁을 지켜주고 따사롭게 안아줬던,

서로가 서로에게 힘이 되어 다독여줬던 당신들.

고마워, 무슨 말이 더 필요할까.

한숨 돌리고 나면 함께했던 이 순간이 무척 그리울 것 같아.

함께 슬픔을 꾹꾹 눌러 담고 이겨냈던 순간들이

고마워, 항상.

이제 그늘 말고 햇살 좋은 날 만나자, 다들.

언젠가 사무치게 그리워질 오늘에게

감사

살아가는 것만큼이나 중요하다는 그 방향이라는 녀석과 오늘은 멀찍이 떨어져 걸었다. 잠시 걸었던 그 길이 마치 아주 먼 길인 양 버겁게 느껴졌다.

아, 어쩌면 걷는다는 게 쉬운 일만은 아니구나.

내가 어디로 가는지, 어디로 향하는지 모르고 걸으면 쉬워 보이는 길도 어렵고 버겁고 막막할 수 있다. 살며시 부는 바람에도 쉽게 흔들리고 만다.

걸음이 빨라진다. 내가 바라볼 곳이 있고, 나아갈 곳을 알고 의지할 데가 있고, 사랑할 삶이 있다는 건 얼마나 감사한 일인가.

언젠가 사무치게 그리워질 오늘에게

바라는 대로 이루어지기를

바스러지는 가을이 가고 고요한 겨울입니다. 날은 춥지만, 아직 가을로부터 헤어 나오지 못한 나는 제 계절을 찾지 못한 채로 몸살을 앓습니다.

눈을 감고 떴을 뿐인데 또 한 해가 저물어 갑니다. 매일 하는 일이라고는 눈을 뜨고, 온종일 바쁜 삶에 치여 살다가 저녁이 되면 몸을 누이고 잠에 취해 다시 잠이 드는 일입니다. 매일 같은 일상이 반복되고 고민도, 걱정도 할 여력 없이 힘든 날이 계속됩니다.

그래도, 그런 삶이라도 조금씩 적응이 되는 모양입니다. 처음보다는 나은 내 모습에 꾸역꾸역 살아갑니다. 몸은 한결 여유가 생겼지만, 마음은 여전히 여유가 없습니다. 바람이 부는 걸 가만히 들여다볼 새도 없이 가을이 갔습니다.

다가오는 계절에는 좋아하는 사람들을 많이 만나고 싶습니다. 좋아하는 사람들과 좋아하는 음식을 먹으며 좋아하는 계절을 나는 건 생각만으로도 행복할 테지요. 내게 소중한 것들을 더 이상 바쁘다는 이유로 미뤄두지 않았으면 좋겠습니다. 서로가 서로에게 온기를 나눠주고 정답게 노닐며 아주 잠시 스쳐도 아주 깊게 자리 잡았으면 좋겠습니다.

　　흔들림 없이 느긋하게 살아갔으면 좋겠습니다. 정성 들여 행복했으면 좋겠습니다. 먼 길을 한참 돌아서야 내 것이 되는 관계들은 덜 아프고, 꽤 쉬운 방향으로 흘러가 버렸으면 좋겠습니다. 내 삶도, 당신의 삶도, 내가 그리워하는 그들의 삶에도 그 행복이 함께 드리웠으면 좋겠습니다.

언젠가 사무치게 그리워질 오늘에게

완벽하지 않아도 이만하면 좋겠어요

초판 1쇄 발행	2021년 5월 7일
초판 6쇄 발행	2021년 10월 5일

글	김예진
그림	이희진

편집인	이기웅
편집	양수인, 주소림, 안희주, 김혜영, 한의진
디자인	MALLYBOOK 최윤선, 정효진
책임마케팅	정재훈, 김서연, 김예진, 김지원, 박시온, 류지현
마케팅	유인철
경영지원	김희애, 최선화
제작	제이오

펴낸이	유귀선
펴낸곳	㈜바이포엠
출판등록	제2020-000145호(2020년 6월 10일)
주소	서울시 강남구 테헤란로 332, 에이치제이타워 20층
이메일	odr@studioodr.com

ⓒ 김예진

ISBN	979-11-91043-24-2 (03810)

스튜디오오드리는 ㈜바이포엠의 출판브랜드입니다.